古道具おもかげ屋

田牧大和

ポプラ文庫

目次

古道具おもかげ屋

田牧大和

序——猫探し屋の娘

夏の初め。梅雨の気配はまだ遠く、気持ちのいい風が、茂った葉をさわさわと鳴らして過ぎていく、よく晴れた午《ひる》。頬の辺りに幼さの残る女子《おなご》と男子《おのこ》が、神田川《かんだがわ》に掛かる昌平橋《しょうへいばし》を、北へ渡っていた。

年の頃はどちらも十三、四ほど。

町場の子なら、手習い塾へ通っているか、早い子ならばそろそろ奉公に出始める歳だ。

どこか遠慮がちな間合いを見るに、兄妹や幼馴染というような、気の置けない仲ではなさそうだ。

女子の方は、汚れてやせ細った、白地に茶色い縞模様のぶち猫を抱いている。色褪せ、擦り切れた山吹色《やまぶきいろ》の木綿《もめん》の小袖から覗く白い腕には、あちこちに付けられた赤い引っかき傷が痛々しい。

対して、男子はそこそこ贅沢な身なりをしている。さしずめ、そこそこ羽振りのいい表店《おもてだな》の息子、といったところだろうか。歩を進めながら、おっかなびっくり、女子に抱かれたやせっぽちの猫を覗いている。

「そいつ、噛みつかないかい」

そろりと、男子が訊いた。

す、と女子は眼を細くした。

「さあ。わかんない」

つっけんどんな応えに、男子が気まずそうに口を噤んだ。

女子の名は、さよ。住まいは八丁堀《はっちょうぼり》、同心の組屋敷内に建てられた長屋で、生業《なりわい》は「猫探し屋」だ。

世の猫は大概が町を好き勝手にほっつき歩いていて、飼い猫なら腹が減ったら飼い主の家へ戻ってくる。飼い主も好きにさせていて、一日二日、戻ってこないくらいで慌てはしないし、銭を払ってまで探そうともしない。

だが中には、家から出さず――その実、人間が寝静まった夜中に、猫達は出歩いているのだが――、箱入り娘の様に可愛がる金持ち猫飼いもいて、少し姿が見えないだけで、大騒ぎになる。

また、普段は放っておくような飼い主も、八日、十日と戻ってこないと、やはり心配をし出す者も多い。授からなかった、あるいは失くした子の代わりとして飼っている者もいるし、年中寝食を共にしていれば、たとえ鼠捕りの為に飼い始めた猫でも、情は湧く。

そんな人達を相手に、いなくなった猫を探して連れ戻し、手間賃をとる。

さよは幼い頃、猫だけが友だったこともあり、猫の「気持ち」が分かるし、仲良くできる。怯えている猫、怒っている猫の扱いにも慣れている。

何より、商売敵はせいぜいが「よろず屋」くらいだから、客には事欠かない。

ひとりで生きて行こうと決めたさよにとっては、うってつけの商いなのだ。

さよは、こちらの顔色と猫の機嫌を代わる代わる窺いながら、おっかなびっくり傍らを歩く男子の顔を、冷ややかに見つめた。

自分達《にんげん》は、大声を出したり水を掛けたり無造作に手を伸ばしたり、平気で猫の怖がることをする癖に、いざ、猫を目の前にすると、訳もなく噛まれるんじゃないか、引っかかれるんじゃないかって、びくびくするのよ。大体、こんな弱ってる子が噛みついたりできるわけないじゃない。本当、自分勝手。

口に出さず文句を連ねてから、切り捨てるように心の中で断じる。

だから、人間なんて嫌い、と。

それから、胸の中で渦巻く薄暗く淀んだものを、吐息と共に外へ押し出す。

嫌いとはいえ、せっかく見つけた「ゆずさんのお客」だから、無下にはできないわね。

さっと気持ちを切り替えて、隣を歩く男子に話しかける。

「ええと、信次郎《しんじろう》さん」

「はい」と、男子――信次郎が応じる。

「ううん、ぴんとこないわね」と呟いてから、さよは「坊ちゃん」と呼び直した。

再び、はい、という律義な返事を待って、先刻の問い――猫が噛みつかないか――に答える。

「この子は、弱っているから噛みつく心配はないけど、この子のために触れたりしないで頂戴。怖がらせると余計弱っちゃうもの。それから、怯えている猫ほど、噛んだり引っかいたりするから、道端の猫にも、やたらと手は出さないことね」

信次郎が、ぶるぶる、と頭《かぶり》を振った。

「この子にも、道端の猫にも、触るつもりはないよ」

「やっぱりね」

さよは不機嫌に応じた。

どうせ、汚い、怖い、と思ってるんでしょう、と心の中で毒づく。

金持ちは、いっつもそうだ。人間の中でも、取り分け自分勝手。

綺麗で愛らしい時は馬鹿みたいに可愛がっていた癖に、いざ、汚れて帰ってくると、嫌そうに手を引っ込める。

綺麗好きの猫がここまで汚れるってことは、それだけ大変な目に遭ったたってことなのに。

自分で毛づくろいできないくらい、弱ってるって、ことなのに。

やせっぽち猫のごわついた毛並みをそっと撫でつけるさよの手を見ながら、信次郎は訊ねた。

「おさよさんの――」

「さよ、でいいわよ」

どうせ、貧乏者の猫探し屋ですから、お金持ちの坊ちゃん。

続けたかった皮肉を、さよはどうにか呑み込んだ。

これは、あたしの客じゃない。ちゃんと、「ゆずさん」のところまで連れてかなきゃ。

もう一度、気短な自分に言い聞かせ、心を落ち着ける。

だって、あたしはただの「人嫌い」だけど、「ゆずさん」は、人に関心がないのだもの。

だから、始末に負えないと、さよは気を揉んでいる。

自分が客を見つけなければ、「ゆずさん」が営んでいる古道具屋は、潰れてしまうかもしれない。

真剣な顔で考え込んださよを、どう思ったか、信次郎は明るく言った。

「じゃあ、おさよちゃん、だ。その猫、おさよちゃんの腕の中で、随分安心しているようだね」

「そうじゃなきゃ、猫探し屋なんか務まらないでしょ」

つい、得意になった物言いに、信次郎が微笑んだが、すぐに顔を曇らせて心配そうに言う。

「けど、腕は引っかき傷だらけだよ。着物だって汚れてしまった」

さよは、改めて自分の形《なり》をしげしげと眺めた。小袖は、猫を探す時に着る古着だから、こんなものだ。腕は、確かに、女子の腕としては無残だと思う。

普段、好き勝手に表と家を行き来していても、迷子になる猫はいる。うっかり、他の猫の縄張りに足を踏み入れ、追い立てられ、逃げ回り、を繰り返すうちに、自分がどこにいるのか、分からなくなってしまうのだ。

そんな具合で帰れなくなり、怯えている猫に手を出せば、どれほど気を付けても、嚙みつかれたり、引っかかれたりすることは、ある。勿論《もちろん》、人に慣れようとしない野良猫も嚙んだり引っかいたりしてくるが、人に頼らず、たくましく暮らしている野良猫に、さよが自分から手を伸ばすことはない。

迷子の猫を無事探し出しても、こんな風に汚れたままの猫を返すと、要らないという出す客も中にはいる。だからいつも、さよは汚れた猫は綺麗にしてから返すのだが、大抵の猫は水嫌いで、洗うとなると、大暴れの大騒ぎになる。

痕になるような深い傷を付けられることは滅多にないが、生傷は絶えない。

けれど、これは自慢の傷だ。

ひとりで、食い扶持くらいは稼げている証。

家へ帰りたいのに帰れなくなった猫を探し出し、元の家に返してやった証。ひとりぼっちの自分を慰めてくれた猫達へ、恩返しが出来た証。

「これくらい、なんでもないわ」

信次郎は、胸を張ったさよを気遣わし気に眺めたが、「そう」と静かに答えるだけだった。

心配そうな顔しないでよ。坊ちゃんには関わりないじゃない。

居心地がどうにも悪くて、さよは強引に猫の話を終えた。

「坊ちゃんの探し物は、猫じゃないでしょう」

信次郎は、思い出したように「そうだった」と呟いた。

さよは足を止め、視線で目の前の店を指し、「ここよ」と告げる。

神田川に沿った往来から、一本北へ入った道の東角、湯島横町《ゆしまよこちょう》の小さな表店だ。

西隣は、「太田屋《おおたや》」という舂米屋《つきごめや》——仲買から玄米を仕入れ、店で搗《つ》き、白米にして売る商いをしていて、仕入れている米が旨《うま》いのか、搗き方がいいのか、遠くから評判の料亭がわざわざ買いに来るほど羽振りが良く、店の片隅で「白米に合う菜」

を売る煮売屋まで営んでいる。

角を南へ曲がった先には小さな稲荷を挟んで、さよが指した店と同じような小さな表店が並ぶ。

「太田屋」との境は、上等な黒板塀。東の往来、南の稲荷を隔てているのは、手入れが行き届いた銀木犀《ぎんもくせい》の生垣だ。

店の入り口は腰高障子だが、内から障子を張っていて、白木の格子がこちらを向いている。両脇の壁は、表戸よりも細かな縦格子で、こちらも内から張られた障子で、中が覗けない。暖簾《のれん》は出ていないが、店先には切り株を輪切りにしたような板が下がっている。屋号は「おもかげ屋」。

小洒落《こじゃれ》れた店構えだが、古道具屋にしては風変わりだ。行燈《あんどん》でも出ていれば、小料理屋と間違える者もいるだろう。

そして、「おもかげ屋」の看板の下に、同じ造り、三分ほどの大きさの板が揺れている。そこには、「親看板」と同じ流麗な筆跡《て》で、「迷い猫、探します」と書かれていた。

「おもかげ屋」の店先を、気圧されたような顔で眺めている信次郎に、さよは溜息交じりで告げた。

「驚かないでね」

「本当に、古道具屋なんですか。値の張るものしか扱っていない骨董屋では、とても――」

「そっちは、大丈夫よ。まあ、高いものも置いてるけど、二束三文の古道具も売ってるから。驚かないでって言ったのは、別のこと」

信次郎が、戸惑いの目をさよへ向けた。

「それじゃあ、驚くことって、どんな」

さよは、暫く黙ってから、ぽつりと告げた。

「会えば、分かるわ」

さよが腰高障子を少し開けた途端、ひょこっと、子猫が顔を出した。

まだ怪我が治りきっていない子猫が外へ出てしまう――。

さよが慌てる間もなく、

やーう。

と、中から、妙に迫力のある猫の鳴き声がした。途端に、子猫がさっと首を引っ込めた。

「師匠が、くろを叱ってくれたみたいね」

ほっとして、戸を大きく開け放った。

店の中はがらんとしていて、帳場格子があるのみ。先刻の子猫の影も、主の姿もない。

「上がって」

さよは、戸惑う信次郎を促してから、さっさと店の奥へ向かった。信次郎は慌てた様子で後を追ってきたが、ふと、怯えた風に足を止めた。

板戸で店と隔てられた奥から、怪しげな話し声が漏れ聞こえてくる。

『綺麗な刃をしているねぇ、お前。おや、こんなところが欠けている。可哀想に、痛かったろう。安心おし、少し研げば、元通りの器量よしだよ。おっと、だめじゃあないか、こんなところに転がり出てきちゃあ。うっかり割ってしまうよ。あはは、お前は、余程気に入られて、遊んで貰ったんだねぇ。巴模様《ともえ》がこんなに剝げちまって。そりゃあそうだ、大層いい音《ね》がする。そうかい、私に褒められて上機嫌かい。それはよかった』

調子のいいでんでん太鼓の音に、楽し気な若い男の笑い声が聞こえるに至って、信次郎は二歩、後ずさった。すっかり、腰が引けている。

さよは、苦い、苦い溜息を吐いた。

「まったく、いくら言っても懲りないんだから」

独り言のように吐き捨ててから、信次郎に小声で告げる。

「驚くなって言ったの、これ。ここの主の『妙な癖』のことよ。ちょっと変わってる人だけど、噛みつきはしないから安心して」

信次郎が、戸惑いつつも小さく頷いたのを確かめ、いささか乱暴に板戸を開ける。

簞笥《たんす》や文机《ふづくえ》、値の張りそうな壺に掛け軸、古ぼけた茶碗に子供の玩具《おもちゃ》。

散らかり放題の物置の中、古道具に埋もれた若い男が、こちらに背を向けて座っている。

さよは、思い切り息を吸い、その勢いのまま、怒鳴りつけた。

「ゆずさん、今すぐ、その『妙な癖』を止《や》めて頂戴。お客さんが怖がってるじゃないのっ」

散らかっている道具の陰や隙間、あちらこちらから、猫達がぴょこん、と跳ねて出て、別の道具の陰に隠れた。

ただ一匹、落ち着き払ったおばあちゃん三毛猫が、欅《けやき》の長火鉢――勿論、火は入っていない――の中から、呆れたような目をこちらへ向けている。

少し間を置いて、隠れた猫達も「なぁんだ、おさよちゃんか」とばかりに、ひょこひょこと、顔を出した。

この猫達の動きも、「おもかげ屋」お決まりの眺めである。

そうして、いつもの通り、背を向けていた「ゆずさん」――「おもかげ屋」主、柚之助《ゆのすけ》がゆったりと振り返った。

見慣れたはずの「花の顔《かんばせ》」に、どきん、と胸が高鳴る。

気持ちを落ち着けるために、さよは心中で文句を言った。

ほんと、心の臓に悪いわ、この無駄にいい顔。

柚之助は十八の若者だが、「その辺の小町《こまち》よりも美人だ」と噂される、なよやかで優し気に整った色白の顔は、むしろ女が嫉妬する造作だ。

その顔に無垢《むく》な童《わらべ》のごとき笑みを湛え、柚之助がさよに、おっとりと問いかけた。

「やあ、おさよちゃん。お客さんって、おさよちゃんのかい、それとも私のかい」

一話　小間物屋の倅と奇妙な古道具屋

柚之助は、始まりかけたさよの小言をやんわりと遮った。

「後でゆっくり叱られるから、まずその子の世話をしてやった方がいいね」

さよが、腕の中で大人しくしているやせっぽちの猫を見た。

「綺麗に洗って、白湯《さゆ》を上げてくる」

むっつりと告げ、立ち上がったさよに、柚之助は声を掛けた。

「鍋に重湯《おもゆ》ができてるよ」

さよが猫を探し出してきた時の為に、いつも柚之助が作っておくものだ。

「ありがと」

不機嫌さは変わらないが、この「むっつり」は、礼を言う時のさよの癖、照れ隠しのようなものだ。

「お、おさよちゃん」

所狭しと置かれている道具の隙間で、窮屈そうに座っていた信次郎が、部屋を出ようとしたさよを引き止める。

さよは、姉のような顔で信次郎に頷きかけた。

「大丈夫。店先でさっき聞こえたのは、ゆずさんの、ただの独り言だから。古道具がしゃべる訳でも、古道具の声がゆずさんに聞こえる訳でもないの。道具に語り掛ける、変わった楽しみ、というか癖があるってだけ。この店には、お化けも古道具の妖も出ないわ」

そうなんだ、という顔で、信次郎はぎこちなく笑って頷いた。

さよは次に、柚之助へ鋭い視線をひたと当てた。

「いい、ゆずさん。しっかりお客さんの話、聞いて差し上げて下さいね」

なんだか、鼠を捕まえてきた時の「たまご」みたいだなぁ。

柚之助は、言いかけて止めた。

「たまご」を始め、「おもかげ屋」に棲みついている猫達は、皆よく鼠を捕る。元気のいい猫《こ》は、更に隣の春米屋の「鼠掃除」にも、せっせと精を出している。「太田屋」の主が、恵比須顔《えびすがお》で猫達に上等な煮干しをやりに来る程だ。

元々、主は柚之助の父と幼馴染で、「おもかげ屋」のことは細やかに気遣ってくれるが、猫達の「鼠掃除」のお蔭で、さよも心苦しさを感じずにここに居られている風だ。

ただ、「たまご」という猫には少し困った癖がある。

捕まえた鼠を柚之助に渡しに来ては、若草色の目で脅すのだ。

――せっかく、捕まえてきてあげたごはんなんだから、逃がすんじゃないわよ。

得意げな「たまご」の姿に、「おもかげ屋」の「客」を嬉しそうに連れてくるさよの姿が、綺麗に重なる。

いけない、と、柚之助は軽く首を横へ振り、心中で軽く呟いた。

客と鼠を一緒にするなんて、またおさよちゃんに叱られてしまうな。

「聞いてるの、ゆずさん」

「聞いてますとも」

軽い調子で返事をした柚之助を、さよは更にひと睨みしたものの、すぐに、抱いている猫を気にしながら勝手へ引っ込んだ。

怖いなあ、とぼやいてから、柚之助は周りに置いてある古道具へ気を戻した。

そういえば、昨日仕入れた煙管《きせる》の雁首《がんくび》が、少し曇っていた。どれ、綺麗に磨いてやろうと、腰を浮かせかけていたところで、おずおずとした声が、「あの」と掛かった。

客がいたんだっけ。

人嫌いのさよに心配されるほど、柚之助は人に関心がない。

だが、愛おしい道具達に引き合わせてくれるのは、その「人」だ。

だから、客は大事に。

題目のように口の中で三度唱えてから、「客がいることを忘れていた」のをなかったことにするべく、柚之助はにっこりと信次郎に笑い掛けた。

「お騒がせして、すみません。これじゃあ、どちらが家主か、分かりゃしませんね」

ははは、と笑った信次郎の声は、かさかさと乾いていた。

やっぱり、誤魔化せなかったか。そりゃそうだよな。

苦笑い交じりで、柚之助は信次郎に名乗った。

「改めまして、いらっしゃいまし。手前が、『おもかげ屋』主の柚之助でございます」

信次郎が、慌てた様子で背筋を伸ばし、改まった。

「あ、その。鎌倉河岸《かまくらがし》の小間物屋『丁子屋《ちょうじや》』の倅、信次郎と申します」

物慣れない挨拶に、微かな幼さが滲む。

すっと細めた目で、柚之助は信次郎を眺め、腹の中で呟いた。

出来立ての根来塗《ねごろぬり》の椀。質は並だが、育て方で、なかなか味のある椀に化けるかもしれない。

柚之助の「妙な癖」は、「古道具に話しかけること」の他にもうひとつ、ある。

心の中で、「こっそり人間を古道具に見立てて遊ぶ」癖だ。

根来塗は、下地に黒、仕上げに朱の漆を重ねる漆器で、使い込むうちに下地の黒が覗き、様々な模様になる。それが味となり、使う者の楽しみにもなる、という訳だ。

　客を道具に見立てて値踏みする、なぞという失礼極まりない遊びをしていることは、ちらりとも表に出さず、柚之助は品よく笑った。

「まあ、こんな具合で、散らかった店ですから、どうぞ気楽に」

　出来立ての根来塗の椀――信次郎が、きょろきょろと、辺りを物珍しそうに眺めてから、視線を柚之助に戻した。

「随分、お若い方で、驚きました」

　客にも商売敵にも、散々言われてきた言葉だ。とっくに慣れたが、侮られると商いに障る。だから柚之助は、信次郎のように明らかに他意がない相手でも、軽く潰させて貰うことにしている。

　笑みにひんやりとした凄みを含ませ、問いかけた。

「表店の主にしては、ですか。坊ちゃんよりは、すこぅし、だけ、長く生きておりますけれどね」

　信次郎が顔色を変え、慌てて詫びた。

「す、すみません。失礼なことを申しました。そ、その、それだけ古道具の見立てと扱いに、長けておいでなのだろう、というつもりで――」

　分かっていますよ、と悪戯な仕草で首を傾げ、柔らかく笑うと、信次郎は肩の力を抜いた。僅かに寛いだ笑みで告げる。

「おさよちゃんが、言ってました。『おもかげ屋』七不思議の一だって。手の付けようがない程散らかっているように見えて、主はどこに何があるのか、どういった経緯の道具なのか、すべて分かってる」

「おや、めずらしい。おさよちゃんが私を褒めてくれるなんて。もっとも、褒めたんじゃないわって、あの意地っ張りは言いそうだけれど」

柚之助は、軽口で和ませるつもりだったのだが、信次郎は勢いよく首を横へ振った。

「御主人が知らないだけです。おさよちゃんは、御主人のことを恩人だ、一生かかっても返せないような恩がある、と言ってましたよ」

柚之助は、笑いながら応じた。

「大袈裟だなあ。そんな大した経緯じゃあないんですよ」

信次郎は、何か言いたげな顔で柚之助を見ている。恐らく、どんな経緯なのか知りたいのだろう。

けれど、幼さの残る小間物屋の倅が口にしたのは、違う話だった。

「おさよちゃんの『猫探し屋』に、店を貸してくれている、とも」

「そっちも、貸すってほどじゃあないです。『猫探し』の商いの客待ちついでに、古道具屋の店番をしてくれてるんですよ」

「じゃあ、行き場の無い猫達を引き取ってくれてる、というのは」

やれやれ、珍しくこの坊ちゃんには、おしゃべりだったんだなあ、おさよちゃん。面倒に思ったものの、さよが、柚之助や菊《きく》ばあ——柚之助の祖母にして育ての親である——、さよを柚之助に引き合わせてくれた男達の他にも、心を許せる人ができるのは、悪いことではない。

あの子は、人の輪の中で元気に、笑って暮らしているのが、きっと似合いだから。

柚之助は、軽く笑んで、信次郎の話に乗った。本当は人間の話よりも、早く道具の話をしたいのだけれど。

「折角苦労して探し出したのに飼い主から見捨てられた猫《こ》や、ちょっと普通よりも手が掛かる猫、人の役に立たないってだけで、行き場を失くしてしまった猫達が、棲みついてはいます。病や怪我やらで、命を繋ぐのに人の助けが要る猫の他は、私もおさよちゃんも、猫《ねこ》の好きにさせていますから、大したこっちゃありません。出て行くなら、静かに『門出』を見守るし、居ついた子と出戻りには寝床と飯を。居つく子は不思議と利口な子達ばかりでね。決して商売道具を壊したり傷つけたりしない。新入りでも、それは同じです」

「あ、七不思議の二。『おもかげ屋』には猫が幾匹も棲みついているのに、散らかった古道具を壊されたことがない、ですね」

「さっきの一も、今の二も、大した不思議じゃありませんよ。商いをするなら、自分で扱う品のすべてを知っていることは当たり前だし、猫達だって、賢い良い子だってだけです」

「じゃあ、後の五つは」

信次郎の弾んだ声に、柚之助は、ひんやりと笑った。

「七不思議」なんて、あんまり言いふらして欲しくないなあ。何しろ、この坊ちゃんみたいに、そういうのが好きな輩は世の中にごまんといる。用もない奴が物珍しさだけで寄ってきたら面倒だ。おさよちゃんに釘を刺しておかなきゃ。ああ、まずこの坊ちゃんが先か。

腹の中だけでひとしきり呟いてから、笑みをほんわかとしたものに戻し、告げる。

「『三』から先は、知らない方がいい」

楽し気だった信次郎の顔が強張った。もう一押し、柚之助が信次郎に少し顔を近づけ、囁いた。

「半可《はんか》な怖いもの見たさで手を出すと、戻れなくなりますよ。物騒な『不思議』が、ないわけじゃあない」

頰をほんのりと染めた信次郎が、ごくり、と生唾を呑み込んだのを確かめ、柚之助は話を猫達に戻した。

「ほら、賢い猫でしょう。自分達が褒められたことが分かるんですね。あちこちから顔を出している」

信次郎が、ほっとした顔で、古道具の山を見回した。

「あ、本当だ」

どれ、七不思議から気を逸らして貰うためにも、引き合わせますか。

柚之助は、側らの長火鉢で寛いでいる三毛猫の頭を撫でながら、謳うように伝えた。

「この子は、雌の三毛猫で名は『師匠』。おばあちゃんでね。師匠は最初《はじめ》におさよちゃんが連れてきた子です。他の猫達を纏め、躾《しつけ》をしてくれますので、私は随分と助かってる」

やーう。

掠れた低い声で鳴いたのは、まんざらでもないのか、ちびの世話は面倒だと不平を唱えたのか。

柚之助は、師匠の額の上辺りを掻いてやりながら、続けた。小さく上機嫌に喉を鳴らしているのが、指先を通して伝わってくる。

今、「おもかげ屋」に居ついている猫は、この師匠を入れて六匹。

屏風の陰から尻尾だけ見えているのが、雌猫の「かぎ」だ。かぎのように、短い尾がかくっと曲がっていて、明るい茶色と黒が交じった、鼈甲のような綺麗な毛色の猫だ。瞳は混じり気のない金。

柚之助から見たら飛び切りの美人にしか見えないのだが、人の捉え方とは様々で、「錆びた鍋のような色が汚らしい」「金の目が怖い、目付きが悪い」と、子猫の頃に母猫の飼い主に捨てられ、死にかけていたところをさよが助けた。酷く気弱の怖がりで、兄妹猫に母猫の乳からはじき出され、乳をあまり呑めずにいたらしく、大人になってからも子猫のように軽い。

野良になったら三日で命を落とすとさよが心配し、ここにいる。気弱が過ぎて、いつも隠れている。ここは隠れ場所が多いせいか居心地がいいようで、出て行く気配はないが、柚之助と菊ばあ、さよにしか慣れない。

建具の隙間から店先を眺めている淡い茶色の縞柄は「つくね」。淡い色の団子尻尾が、つくねによく似ているのだ。若い雄猫だが、風邪をひいてから、目やにが酷く手が掛かるようになった上、鼻も利かなくなったようで、鼠を捕れずに捨てられた。風邪を引きやすく、こまめに目やにを取ってやらないと、目が開かなくなるので、さよと柚之助が世話をしている。

それが分かっているのかいないのか、呑気な性分で町が大好きなつくねは、しょっちゅういなくなる。

そのたびに、さよが探しに出る、という訳だが、柚之助の見立てでは、つくねは、さよとの「ことろことろ《おにごっこ》」を楽しんでいるつもりらしい。

柚之助の後ろ、値の張る花瓶にくっついているのが、さよに似ている「たまご」。真っ白い毛並みに黄金色《こがねいろ》の目、気位の高いお嬢さん猫だ。

元は金持ちの飼い猫で、「小雪」と人のような名を付けられ、可愛がられていた。ある日、小雪がいなくなったと大騒ぎをした主が「猫探し屋」を頼んだ。すぐ近くの長屋の厠《かわや》に嵌《はま》って出られなくなっていたところをさよが助けたが、その時の飼い主のことを思い出すと、未だにさよは怒りだす。

――厠に落ちたんだから、汚れてるのは当たり前じゃない。きちんと洗えば、もとの綺麗な子に戻ります。においだってそのうち取れます。そう幾度言ったって聞きゃしない。こんな汚い子を、家に上げる訳にはいかない。においだって取れるかどうか。厠に落ちた猫を飼ってるなんて知れたら、うちの店で扱う品だって「厠臭い」と言われてしまう、ですって。

挙句《あげく》の果てに、探し賃の代わりに、その猫をやる、と、さよに「小雪」を押し付けてきたそうだ。

――言われなくても、こちらで面倒を見ます。

啖呵《たんか》を切って「小雪」を引き取ったさよは、新たに名を付けた。

冷たい飼い主のことは忘れ、新しく生きなおして欲しい、という願いを込め、白と黄金色の見た目から、「たまご」となった。

たまごのことがあってから、さよは、汚れた猫は必ず綺麗にしてから飼い主に返すことにしている。

飼い主のいけ好かない性根や、さよ自身の腹立ちはともかく、猫達はずっと共にいた主の許へ帰りたいだろうから、と。

たまごは、お嬢さん育ちだったからか、厠に落ちたのが余程嫌な思い出なのか、外が嫌いで「おもかげ屋」から出ようとしない。取ってくるのは、みな「おもかげ屋」の鼠だ。

普段はつんとしているが、夜になると暑い夏でも柚之助の布団で寝、他の目がないところで、柚之助やさよに撫でられるのが大好きな、「隠れ甘えん坊」だ。

部屋の隅に積んである、様々な長持を住処にしているのは、白黒柄の雄猫、「ひげ」。鼻の下と顎の黒ぶちが、人間の男の髭に見えるのだ。

ひげは、ふらりと自分でやってきた猫で、人間嫌い。さよにも柚之助にも懐かないが、なぜか出て行こうとしない。何を考えているのか分からない奴だ。

師匠にくっついて甘えているのが、子猫の「くろ」。先刻、「おもかげ屋」から出ようとして師匠に叱られた子だ。生まれてすぐ母猫とはぐれ、鴉《からす》に突《つつ》かれていたところを、さよが助けた。真黒に若草色の目が可愛らしく、黒猫は商売繁盛の証と、商人達に好まれているので、鴉に突かれた怪我さえ治れば、貰い手はあるだろうと、さよは言う。

「お、覚えられません」

弱り切った様子で、ぼやいた信次郎に、柚之助は笑いかけた。頭に余計なものが付くくらい、真面目な坊ちゃんだ。

「覚えて貰おうと思って、引き合わせた訳じゃあありませんよ。聞き流して頂いて結構。猫の話が長すぎましたね。さて、坊ちゃんは『おもかげ屋』で何をお探しです」

信次郎が、迷うように視線をさ迷わせた。

そこへ、やせっぽちの茶白猫の世話を終えたさよが、戻ってきた。綺麗になって重湯を貰っただけで元気になったようだ。体つきからして、生まれてから一年も経っていないだろう。眠そうにしている様子の茶白を、さよは師匠に預け、先刻の場所――長火鉢を挟んだ柚之助の隣、丁度自分が座れるほどの床の隙間へ落ち着いた。

長火鉢の前の隙間に座していた信次郎が、助けを求めるようにさよを見た。

さよが、信次郎の代わりに切り出す。

「将棋の駒が欲しいんですって」

照れたように信次郎は笑って、言い添える。

「小遣いを貯めた銭では、将棋盤までは、手が出なくて」

ふむ、と、柚之助は小さく頷き、立ち上がった。床の道具達を避けながら、ひげがくつろいでいるものとは別の長持の中から一組、ひとかたまりにしてある子供の玩具のそばからもう一組、たまごに「ごめんよ、お嬢さん。座布団にしているそいつを、ちょっと貸しておくれ」と断って、腹の下へ手を差し入れ、さらに一組取り出し、戻る。

三組を信次郎の前に並べながら、告げた。

「順に、松、竹、梅。松は、二年と二月前に買い取ったもんです。王将と金に、柘《つ》植《げ》が使われてる。柾目《まさめ》じゃありませんがね」

将棋の駒は、柘植が一番とされている。樹種の次に重きが置かれるのが、木目《もくめ》だ。

木の芯を含んだ場所を使うと、木目の整った縞模様になる。これを柾目という。芯を外した、弧や波形、様々な模様を描く木目は板目だ。

美しさをとっても、貴重さをとっても、柾目が上になる。

勿論、すべての駒を柘植の柾目で作るのが一番値打ちが上がるのだが、値を少し下げて、柘植の駒でも手を出しやすくするには、王将と金だけ柘植にする。

強い駒だから、という訳ではなく、王将と金は裏に文字がなく、木目の美しさが分かりやすいからだ。

柚之助は続ける。

「お客さんのことはお伝え出来ませんが、さる大店のご主人でした。どうしても柘植の駒が欲しくて買ったものだそうです。ところが、一旦手にしたら、柘植の駒の美しさに魅せられてしまい、王将と金だけでは辛抱できなくなった、と。手元の駒を売って元手にし、すべて柘植で出来た駒を買うのだとおっしゃいましてね。丁度手許に、歩まで柘植で作った駒がありましたので、それを格安でお売りして、この駒を買い取りました」

信次郎が、首を傾げる。

「そんないいものを、格安で売ってしまっては、商いにならないのではありませんか」

にんまりと、柚之助は笑った。

「確かに、木地は柘植でしたが、この『松』は、文字が違うんですよ。彫埋駒《ほりうめごま》と言って、まあ、簡単に言えば、駒を文字の形に彫り、その溝に幾度も黒漆を入れては乾かすことを繰り返し、駒の肌を平らにしたものです。私がそのお方に売った駒は、ただの彫駒《ほりごま》。彫った文字を黒漆で染めただけですから、文字がへこんでいる。そのお客さんは、『柘植の駒ならなんでもいい』というお人でしたから、どちらの駒にとっても、いい商いでした」

信次郎は「駒にとって、ですか」と訊き返したが、柚之助は聞き流した。

それから、楓《かえで》の木地に漆で文字を書いただけの書駒《かきごま》の「竹」、同じ楓の書駒だが、文字の様子が「竹」より落ちるのと、ところどころ文字が欠けてしまっている「梅」を、柚之助が思う存分語ると、信次郎は、小さな溜息を零した。

「すごいですね。いえ、駒のこともそうですが、いつ、どんなお人がどういう経緯でお売りになったのかも、しっかり覚えておいでだ。そしてこの散らかった中から、何の迷いもなく、駒を取り出した」

柚之助は、淡々と、信次郎の言葉を言い直した。

「散らかしてる訳ではありません。道具達が一番居心地のいいところに、置いてあるんです。人の都合で片付けるなぞ、もってのほかですよ」

信次郎が、しまった、という風に口を手で押さえ、それから「すみません」と頭を下げた。

柚之助が何か言う前に、さよが口を挟んだ。

「詫びなくたっていいのよ。ゆずさんは腹を立ててる訳じゃないし、お客さんに偉そうな口を利いてるゆずさんが、むしろ詫びた方がいいんだもの」

柚之助が苦笑いを浮かべると、信次郎も困ったように笑い返した。

柚之助は、商いを進めることにした。

「さて、松竹梅、どれがいいですか、と訊きたいところですが。その前に将棋の駒をお求めになる経緯を、聞かせて頂いても」

「あ、あの。経緯、ですか」

迷っている様子の信次郎を、促した。

「おさよちゃんが連れてくるお客さんは、皆さん困りごとを抱えてます。古道具というよりは、困りごとをどうにかしたい。そういうお客さんだ」

おずおずと、信次郎が言い返す。

「あの、でも、こちらさんは古道具屋さんで、何でも引き受けるよろず屋さんでは、ないのでしょう。それに、お話しした通り、持ち合わせがない。困りごとの手間賃まで、お払いできるかどうか」

柚之助は、にっこりと笑った。

「ええ、ここは古道具屋ですから、古道具をお買い上げ頂き、大切にして下さるなら、困りごとを失くして差し上げるのは、ほんのついで。手間賃なんざ、いりません」

信次郎が目を丸くした。

そんなことで、商いが成り立つのか。そう言いたげだ。

静かに、さよが口を開く。

「この店の屋号、『おもかげ屋』ってね、古道具が持っている面影のことなんですって。どんな道具だって、作った人、使った人の想い、その面影を宿してる。宿す面影が増える度、道具は愛おしく、美しくなってく。そうやって、色々な面影を、次に使う人に繋ぐ役目をするのが、主の柚之助さん。だから、持ち主の困りごとを無くすのも、道具に宿る面影のひとつ、柚之助さんの仕事のひとつ。同じ宿るなら、晴れやかな面影の方がいいから。つまり、人助けの為じゃなく、自分が誰かに引き継ぐ道具の為にやってるって訳」

柚之助は、おどけた調子で言い返した。

「さすが、分かってるなあ、おさよちゃんは」

少し哀しそうな笑みを浮かべるさよへ、柚之助は明るい笑いで答えた。

さよのいう通りだ。私は、赤の他人の困りごとなど、知ったこっちゃない。

さよが、師匠にぴったりくっついて、すやすや眠っている茶白猫を眺めながら、信次郎を促した。

「だからね、遠慮も気後れもいらないのよ、坊ちゃん。困りごと、厄介事、なんでも助けて貰って頂戴」

信次郎は、今度はさよを奇妙に思ったようだ。

「おさよちゃんは、どうして私をこちらへ連れてきてくれたんだい」

「だって、坊ちゃん、昌平橋で、弱り切った溜息、幾度も吐いてたから。家に帰れなくなった迷子の猫みたいって」

なるほど、猫に見えたから、その様子が気になって、さよは立ち去れなかったようだ。

「そうじゃなくて。猫探しには関わりないだろう。『おもかげ屋』さんだって、大した商いになる訳じゃない」

さよは、少し気まずそうに、明後日の方角を向いて、嘯《うそぶ》いた。

「あら、そんなことないわ。困りごとを抱えてるお客さんを、ちゃんと助ければ、評判になって次につながるでしょう。ここの主は放って置くと、道具と喋ってばかりで商いをしないから、あたしが代わりにお客さんを探してきてあげてるの。だって、ほら、『猫探し屋』を商う場所が無くなったら、あたしも困るじゃない」

柚之助は、こっそり笑った。

さよが、「恩返し」のつもりで、「おもかげ屋」の客をせっせと連れてきていることを、柚之助は知っている。

いい子だね、おさよちゃんは。

誰にも聞こえないよう、そっと呟いて、柚之助は話を戻した。

「そういうことですので、遠慮せず、困りごとについてお聞かせください、坊ちゃん。坊ちゃんに合った将棋の駒をお渡しできなきゃあ、将棋の駒だって可哀想だ。だから、これから坊ちゃんが手にする将棋の駒を助けると思って」

信次郎が、再び、柚之助の言葉を繰り返した。

「将棋の駒を、助ける」

柚之助は、頷いた。

「はい」

信次郎は戸惑いを隠さない。

「よく、分かりません」

自分の中にある幼さも隠さない。そこは、常に意地を張って、世の大人と張り合って生きているさよとは、随分違う。

さよが、姉のような口ぶりで、信次郎を諭した。

「分からなくても、話を合わせときゃいいのよ。道具の話をしていれば、ゆずさんは上機嫌なんだから」

「でも」

と、信次郎が、ちらちらと柚之助を気まずそうに見ながら、言い返す。

身も蓋もない言い方をされたって、返事なんぞできない。

柚之助の顔色を窺う信次郎の目には、そんな訴えが浮かんでいる。苛立ったさよが、少し強めに促した。

「会ったばかりの古道具屋に気を遣うより、坊ちゃんのおじいさんの心配をしたらどうなの。元気になって欲しいんでしょう」

そうだった、という顔を、信次郎がした。すぐに、心を決めた目で小さく頷く。

「祖父に、また将棋を指して欲しいんです」

祖父を案じる信次郎の瞳は、さよが元気のない猫を案じる時に揺れる瞳と、よく似ていた。信次郎は、祖父を心から慕っているのだろう。だが、柚之助にとって大事なのは、人間の祖父と孫ではなく、道具。この仕事で言えば、信次郎に売ることになる「将棋の駒」だ。

「はい」

穏やかに返事をすることで、柚之助は先を促した。

信次郎が、もう一度、うん、と頷く。その後の打ち明け話は、滑らかだった。

＊

信次郎の祖父、八十吉《やそきち》は、浅草御蔵《あさくさおくら》の西、元鳥越町《もととりごえまち》の長屋でひとり、隠居暮らしをしている。

元は大工で、隠居してからも、建具を直したり、棚を付けたりと、ちょっとした大工仕事を請け負って、のんびりと生計《たつき》を得ていた。

長屋は鳥越明神のすぐ近くで、町も長屋も明るく賑やか。そんな場所で八十吉は生まれ育ち、父の跡を継いで大工になった。父譲りのいい腕で、からりとした性分もあって、人気者だった。

気立てのいい嫁を貰い、女房によく似た一人娘を、目の中に入れてもいたくない程、可愛がった。

いずれは、自分が見込んだ若い大工に嫁にやるつもりでいた。

ところが娘は、端切れの振り売りをしている優男《やさおとこ》に惚れ、所帯を持ちたいと言い出した。

八十吉は取り乱した。

目の前で庇い合う、娘と娘が惚れた男の睦まじい姿を見て、怒りに目が眩んだ。

振り上げた拳を止めたのは、女房だった。

行き場を失った怒りが、言葉となって迸った。

——お前ぇは、うちの一人娘なんだぞ。大工は誰が継ぐってんだ。この、親不孝もんが。

娘は、泣きながら詫び続けたが、惚れた男を諦めるとは、決して口にしなかった。

それでも、八十吉は「風邪みたいなもんだ。いずれ目が醒めて、親の言う通りにする」と、考えていた。

それは大事に、手塩にかけて育ててきたのだから。親の気持ちは分かっている筈だ、と。

女房にそう語ると、女房は静かに言い返した。

「だったら、お前さんだって、あの子の気持ちも頑固な性分も、分かっているでしょう。親なんだから」

八十吉は、女房に言い返せなかった。そうして、端切れの振り売りを呼び出し、言い放った。

「娘を連れて、どこへでも行け。勘当はしねぇが、二度と面ぁ見せるな」

八十吉にとって、精一杯の虚勢だった。

二人は、深々と頭を下げて、長屋を出て行った。

娘のいない暮らしは、気立てのいい女房のお蔭で、驚くほど気楽で楽しかった。

花見、花火見物、紅葉狩り、雪見酒。

これからも、夫婦二人の気楽で楽しい暮らしが続くのだと思っていた矢先、女房は流行り病であっけなくあの世へ行ってしまった。

ひとりきりになった八十吉を支えたのは、同じ長屋の店子仲間だった。

とりわけ、同い年の左官、治助《じすけ》の明るさに、八十吉は慰められた。

治助は、八十吉と同じような性分で、よく「似た者同士は気が合わない」というが、二人は兄弟のように仲が良かった。同じようなところで笑い、同じようなものを愉しみ、二人一緒に涙した。そんな風で、怒る時も同じようだから、二人はしょっちゅう喧嘩をしていた。

その言い合いが下らなくも可笑しくて、長屋の連中は、二人が喧嘩を始めるたびに、腹を抱えて笑った。

歳をとり互いに隠居してからは、よく将棋を指すようになった。天気のいい日は、長屋の木戸脇に置いたおんぼろ縁台で。雨が降る日は、八十吉の部屋で。治助の部屋は、女房が針仕事の内職をしていたから、二人のいちいち喧《やか》しい将棋は、女房の仕事の邪魔になる。とはいえ、薄壁一枚隔てただけの裏長屋では、外でも部屋の中でも、喧しさに大した差はなかった。

賑やかで穏やかな日々が幾年続いたか。

三度、八十吉に別れがやってきた。

治助があの世へ行った。

前の日まで、笑い合い、喧嘩し合い、将棋もいつものように、賑やかに指していた。

中気――頭に血が溢れる病だった。

八十吉は将棋をやめた。治助と指していた、大層大切にしていたという駒も、売った。

*

「ふむ」

柚之助は、呟いた。

「八十吉さん、治助さんと使っていた駒、売っちゃいましたか」

「はい」

「いかほどで、売れたんでしょう」

柚之助の問いに、信次郎は困った風に笑った。

「長屋の人達の話では、古ぼけて駒の文字も剝げかけていた割には、結構な値が付いたようです」

字が剝げかけるということは、恐らく書駒。

「駒の材は何だったんでしょうね」

「さあ――」

「ちょっと、ゆずさん」

きりきりした声のさよが、二人のやり取りに割って入った。

「坊ちゃんのおじいさんが売っちゃった駒がどんなだったか、なんて話はどうでもいいでしょ。それより、おじいさんが、元の通りに将棋を指せるようにしてあげて」

いや、その、「どうでもいい」とこが、肝心なんだけどなあ。

内心でぼやいてから、柚之助はさよに「ごめん、つい」と詫びた。

師匠を新入りの茶白に取られ、不満顔のくろが、さよに甘えている。さよは、くろを膝に乗せて遊んでやりながら、信次郎に訊ねた。

「坊ちゃんの親御さんと、おじいさん。仲直りしたの」

信次郎は、寂しそうに首を横へ振った。

「私が生まれる前、父は今の場所に店を持ったんだそうです。端切れの振り売りから、小さいけど表店の小間物屋に商い替えをして。丁度その頃、祖父が大工を辞めて隠居したと人伝に聞き、一緒に住まないかと、父母が誘いに行ったって」

丁度、ね。

柚之助は、皮肉に心中で呟いてから、口に出した。

「じい様は隠居した。自分達は羽振りがいい。そりゃ、許してもらう切っ掛けにゃあ、丁度いい」

信次郎が、傷ついた顔をする。柚之助は信次郎を慰めた。

「坊ちゃんの親御さんを、責めてる訳じゃありませんよ。坊ちゃんのじい様を案じてのことでしょうし、身内が疎遠なのは寂しい。ただ、じい様には、きっとその『丁度いい』が透けて見えてしまった。お父っつあんおっ母さんから話を聞いただけの坊ちゃんでさえ、丁度って口にした。かなり分かりやすかったんでしょう」

信次郎が、哀し気な瞳で、ぽつりと呟いた。

「祖父は、傷ついたでしょうね。腕がいいと評判だった大工を辞めたことを、『丁度いい』だなんて。怒るのも当たり前です」

「なるほど、じい様は、許すどころか、余計腹を立ててしまった、と」

信次郎は、小さく頷いた。柚之助が少し芝居がかった物言いで確かめる。

「『金輪際、お前ぇらとなんざ、住まねぇ。何があっても、二度とその面見せるな』くらい、言われましたか」

「はい。大体、そんな風だったそうです」

「どっちも、面倒《めんど》くさい」

放るようにさよが言った。

柚之助が苦笑いで「おさよちゃん」と、窘めた。さよがむきになって言い返す。

「だって、面倒くさいじゃない。娘夫婦は、きっかけがないと父親と仲直りができない。父親は、そのきっかけが気に入らない。どっちも仲良くしたいと思ってるくせに」

人嫌いの割に、いいところを突いてくるなあ。

こっそり感心しつつ、柚之助は言い返してみた。

「仲良くしたいと思ってるかどうかは、まだ分からないよ」

さよが口を尖らせた。

「親子や兄弟って、みんな仲良くしたいんじゃないの。血の繋がった身内なんだから」

「そうとも限らないのが、『身内』の厄介なところでね」

ふうん、そう、と平坦に答えたさよは、「どうでもいい」と思っているようだ。「身内の話」は、身内に散々傷つけられたさよにとって、遠い異国の話と同じなのだろう。むしろ「遠い異国」ほどの他人事《ひとごと》として捉えられるようになったのなら、重畳《ちょうじょう》である。

柚之助は、話を戻した。

「娘夫婦は許さないけれど、孫は可愛い。なるほど、そんなところでしょうか」

信次郎が、訊ねるように柚之助を見たので、言い添える。

「『会ったこともないじい様』にしては、信次郎さんの話しぶりに情が籠ってますから、行き来があるのではないかと。八十吉さんが隠居してから、将棋をやめてしまうまでの経緯も、詳しくご存じですしね」

信次郎は、少し哀しそうに笑った。

「親しくしていたお人を失くした祖父が心配だが、自分達は逢いに行けないと、父母が言うので、私が様子を見に行きました。頑固な祖父ですから、正直私にも会ってくれないかと思いましたけれど、仏頂面《ぶっちょうづら》なものの、部屋へ上げて貰いました。その後も、訪ねて行けば、会ってはくれますが、可愛いと思って貰えているかどうか。仏頂面は変わらないので。きっと、『折角《せっかく》孫が会いに来てくれたのに』と、長屋の人達に窘められたのでしょう」

「店子仲間に叱られてしぶしぶ会ってる孫に、身の上話なぞしませんよ」

「そうでしょうか」

信次郎の力のない呟きに、柚之助は苦笑いを零し、話を先へ進めた。

「治助さんを失くした八十吉さんに、他に変わったところは、ありましたか」

「他に、ですか」

繰り返した信次郎に、言い添える。

「将棋をやめてしまった他に、です」

信次郎が考え込む顔をした。

「そういえば、好物に箸を付けなくなりました」

「好物って、なんです」

「蜆《しじみ》を醤油で炊いたもので、肴にも白飯の菜にも、毎日欠かさず、食べてたそうです。母も好きな菜なんですが」

仲違い中の娘と同じ好物を食べなくなったって。娘と自分を繋ぐ細い縁だぞ。将棋より、そっちの方が大事じゃないか。

思わず、苦い溜息が出た。軽くこめかみを押さえると、猫達が、なんだ、どうした、とばかりに寄ってくる。

どすん、と柚之助の膝の上に乗っかり、こちらを見上げている甘えん坊のつくねの頭を撫でながら、柚之助は、微かに苛立った心を宥めた。

大人びた喋り方をしているが、所詮はようやく奉公に出ようかという子供だ。馬鹿なのは、致し方なし。

すかさず、師匠に、みゃーお、と叱られた。

その腹黒は、間違っても表に漏らすな、ということだろう。

わかってますよ、師匠。

声に出さず言い返し、再び、信次郎へ向き直る。

「八十吉さんの食が細くなった、ということは」

「いえ。飯はちゃんと食べています」

「坊ちゃんと一緒に」

「あ、はい。一日置き、朝と昼だけですが。私は日暮れ前に帰るので、夕飯は、仕度だけして」

「坊ちゃんが、飯の支度を」

信次郎が、照れ笑いを浮かべた。

「父母が商いで忙しかったので、覚えました。料理をするのは楽しいです」

少し遠い目になったのは、あるいは、料理人になりたいが、叶わないからだろうか。表店にようやく店を構えたのだ。二親としては、一人息子に跡を継がせたいだろう。

自分達は、大工を継がなかった癖に。

柚之助は、内心の棘を念入りに隠しながら、問いを重ねた。

「飯はしっかり食っている。だが、将棋は指さない。好物も食べない、と。じい様の様子はどうです。気落ちしているのか、哀しんでいるのか」

信次郎が、軽く首を傾げながら応じる。

「気落ちもしてますし、哀し気な顔もしています。でも、一番は、思いつめているというか、何か頑なになっているというか――」

柚之助は、小さく頷いた。

なるほど。どうやら心に決めている何かがある、ということらしい。

見当をつけて、飛び切りの笑みを浮かべ、告げる。

「申し訳ありませんが、坊ちゃんに、この店の駒はお売りできません」

何もかもが固まったような、重苦しい静けさが、部屋を満たした。

出し抜けに、かあっと、顎が外れそうなくらい大きな欠伸《あくび》を、師匠がやらかした。

師匠の欠伸をきっかけに、固まったものが再び動き出したようだ。

信次郎の顔が、泣きそうに歪んだ。

慌てた様子で、さよが柚之助を咎《とが》める。

「ちょっと、ゆずさん」

柚之助は、苦笑いをしながら、手をひらひらと振った。

「おっと、言葉を間違えた。この店に、今お売りできる駒はありません、だ」

今の、わざとよね。

そんな怖い目で、さよがこちらを見ている。

そりゃあ、そうでしょう。

柚之助は、笑い顔でさよに伝えた。

柚之助が信次郎に売ろうとしているのは、「八十吉が治助と使っていた駒」だ。二人の面影、二人を微笑ましく眺めている長屋の店子達の面影。そんなものを宿した駒は、さぞかし「器量よし」だろう。

そんな「器量よし」を、もし八十吉が「要らない」と言ったとして、他に誰も使わないからと、ろくでもない奴に売り払ったり、がらくた扱いされたり、ましてや捨てられたり燃やされたりしては、堪らない。

釘を刺すなら、道具の大切さを語るより、古道具屋の気難しさを知らせた方が、手っ取り早い。少しの脅しの方が、情に訴えるよりも効く。

柚之助の見立てでは、他の駒では、きっと八十吉は将棋を指さない。

売ってしまったという、治助と指していた駒でなければ。

思いつめて、頑なな様子だという八十吉。将棋の駒も売ってしまった。治助との思い出の品のはずなのに。

将棋を指す気もなくなるほど気落ちしているなら、大事な駒を売る元気もないはずだ。

見るのも辛いなら、治助の女房にでも譲ればいい。

気落ちや辛さでなければ、怒り。

治助と激しい諍いでもあったか。駒が側にあるのも腹立たしいと思う程の何か。

その辺りは調べてみないとはっきりしないが、治助が亡くなる前の日も、いつものように、喧嘩しながら、賑やかに将棋を指していたそうだから、考えにくい。

となると、八十吉は、何を思い、何を決心したのだろう。

思案に耽っていた柚之助を、さよが咎めた。

「起きてる、ゆずさん」

「はいはい、起きてますよ」

「何、その言い振り。おじいさんみたいよ」

さよは、そう茶化してから柚之助に確かめた。

「仕入れてくれるの、新しい駒」

柚之助が頷く。

「新しくはないでしょうが、この子達では、八十吉さんのお眼鏡に叶わないでしょうから」

信次郎が顔色を変えた。

「あ、あの、あまり立派なものですと、私ではお支払いが――」

ひらひらと、柚之助は掌を翻した。

「大丈夫。親御さんの身代そっくり頂かなくてはならないようなものを買い付けたりはしませんから」

「ゆずさんっ」

途端に、さよの雷が落ちた。

すみません、ふざけすぎましたと詫びながら、柚之助はそっと微笑んだ。

今日出逢ったばかりの坊ちゃんを、これだけ気遣えるんなら、おさよちゃんにしては上出来だ。

柚之助は、信次郎に向き直った。

「幾日か下さい。上手いこと手に入ったら、お知らせに行きますので。ああ、それから、もし八十吉さんの長屋で私と鉢合わせしても、坊ちゃんは知らぬふりを通してくださいね」

「そ、それは、御主人が――」

「どうぞ、柚之助と」

「ええと、柚之助さんが、祖父に逢いに行くということですか」

「そうですねぇ。お売りする駒の為に、もう少し詳しいことが知りたいので」

さよが呆れかえった顔で、溜息を吐いた。

一方の信次郎は、むしろ安心した様子で笑っている。

「正直、古道具屋さんに、祖父に元気を取り戻してもらう手伝いをしてもらっていいのか、迷ってました。それは虫のいい、図々しい頼みなのではないか、と。でも、今の話を聞いてほっとしました。本当に、柚之助さんは人よりも古道具が大事で、将棋の駒の為に私の困りごとを収めて下さる」

晴れやかな信次郎の笑顔を見たさよが、水を差した。

「坊ちゃん、あんまり人の言葉をそのまんま、信じちゃだめよ。腹の中で違うこと考えてることだって、あるんだから。まあ、ゆずさんは、そのまんま『人より古道具が大事』で間違いないけど」

柚之助が、苦笑い交じりでさよを窘めた。

「あんまり、身も蓋もないことを言わないように。坊ちゃん、返事ができなくて困ってるよ」

さよが、まず「しまった、そうか」という顔になって、それからばつが悪そうに明後日の方を向いた。

「ゆずさんには、遠慮しなくていいって言ったじゃない。忘れたの、坊ちゃん」

さよのいささか理不尽な八つ当たりに、はあ、すいませんと詫びた信次郎は、どこか嬉しそうだった。

二話　頑固爺と将棋の駒　一

「おもかげ屋」の日当たりのいい南庭には、柚子の木が三本、植えられている。

柚之助の名は、菊ばあが、この木から貰ったのだそうだ。

南隣の小さなお稲荷様へ続く東の往来は、よく手入れをされた銀木犀の生垣で仕切られている。

西の「太田屋」との境や、他の町屋は黒板塀だから、「おもかげ屋」の辺りだけ、深い緑に沈んでいるように見える。

夏の初め、目に沁みるような瑞々しい緑の庭を、白い柚子の花の甘い香りが満たしている。

ほ、ほ、ほ。

庭を望む縁側に、ちょこなんと座った可愛らしい老婆が、ふくろうのような笑い声を上げた。

「そんな、面白いことがあったのかい、おさよ」

さよが、頬をぷ、と膨らませる。

「ちっとも、面白くなんかないわ、菊ばあ」

「おや、そうかね」

「だって、ゆずさんったら、せっかくお客さんを連れてきたのに、商売っ気がないのだもの」

　ほぉ、ほぉ、と優しく軽やかな菊ばあの相槌に背中を押された様子で、さよが更に言い募る。

「お客さんより古道具を大事にしてることを隠そうともしないし。わざと、売らないってとれるような言い方をするし。坊ちゃん、本当に困ってたのに。あれじゃあ、人に関心がないっていうより、ただの意地悪よ」

　ふうむ、と菊ばあは唸った。

「だが、ゆずは、古道具屋だからねぇ。困ってるお人を助けるのは、古道具屋の仕事じゃあ、なかろ」

　むう、とさよが口を尖らせた。

「だって、ゆずさんったら、ただ、古道具が欲しいだけのお客さんだと、いっつも、怒らせるか気味悪がらせるか、なんだもの。皆、古道具を買わずに帰っちゃうじゃない。商いにならないでしょう」

　菊ばあが、息だけで小さく笑った。

「なるほど、なるほど。だから困りごとがくっついた客を、おさよは連れてきてくれる訳かい。困りごとを無くしてくれると思えば、少しぐらい変人の古道具屋でも、付き合《お》うてくれるからねぇ」

さよが、胸を張って大きく頷いた。

それから再びむっつりと、柚之助に対する不平を口にする。

「なのに、ゆずさんったら。人の気も知らないで」

「それは、困ったね。それじゃあ、その坊ちゃんも、怒って帰っちまったのかい」

「ううん。任せてくれるみたい」

「おや。それじゃあ、ちゃんと商いになってるじゃないか」

「あたしが、一生懸命宥めたもの」

「ほうほう。人嫌いのおさよが、頑張った。その坊ちゃん、喜んだだろう」

さよの顔が、気遣わし気に曇る。

「おじいさんが、元気を取り戻して、また将棋を指すようになるまで、きっと心配なんじゃないかな」

「それでも、坊ちゃんはおさよを頼りにしてるんだろう。何しろ、古道具屋の主がこれだからねぇ」

菊ばあは、何が言いたいのだろう。

そんな風に、さよが、首を傾げた。

「菊ばあ」

柚之助は、やんわりと祖母にして育ての親を呼んだ。

話を止められた菊ばあは、不満気だ。柚之助は、構わずさよを促した。

「おさよちゃん、茶白の子、早く返した方がいいよ。いい飼い主なんだろう」

さよが、神妙な顔で頷いた。

「そうね。きっと、心配してる。ちょっと行ってくるわ。じゃあね、菊ばあ」

菊ばあは、顔を皺くちゃにして笑った。

「いい子だね。おさよは」

ぷう、とさよが膨れた。

「子供扱いしないで」

「おや、いやかい」

「だって、子供じゃないわ。もうひとりで稼いでるんだから」

ほ、ほ、と菊ばあが肩を震わせて笑った。

「そりゃ、悪かった。気を付けて行っておいで」

はぁい、と、元気な子供そのままの返事をし、さよが店の方へ向かった。

軽い足音がすっかり聞こえなくなるのを待っていたように、菊ばあが柚之助へ訊いた。

「お前さんの目論見が、あの娘に知られるのは、未だに厭かい」

「なんのことです」

柚之助は、むっつりと惚けた。

菊ばあの笑いは、変わらずふくろうのようだが、さよがいなくなった途端、そこにほんのりと人の悪さが滲み出した。

「ゆずがあの娘に知られるのが厭なら、言わんよ。お前さんが悪者になることで、あの子の株を上げてる。そうして人から有難がられ、頼りにされるようになれば、あの子の『人嫌い』も和らぐのではないか、と思っとることなんぞ、言わん、言わん。ついでに、人に関心を持たない誰かさんが、随分と変わったもんだねぇ、とも、誰にも言わん」

柚之助は、顔を顰めた。

言わん、と言いながら、わざわざ口にすることもなかろうに。相変わらず人の悪いばあさんだ。

かといって、私に聞こえるように言ってるじゃないか、と言い返せば、「おや、身に覚えがあるのかい」なんぞと、更にからかわれるに決まっている。

だから柚之助は、惚けるしかない。

「なんの話です」と。

すると菊ばあは、世にも哀し気な溜息を吐いた。

「童の頃は、素直で可愛かったのにねぇ。いつの間に、こんな人の悪い男に誰が育ててしまったもんか」

柚之助は、にっこりと笑んで見せた。

「そりゃ、菊ばあの他に誰がいるというんです。何より、そっくりじゃあありませんか。人の悪いところ」

「誰に」と、菊ばあが訊いた。

「菊ばあに」

「あたしに似たんなら、今でも素直な筈じゃないか」

狸婆め。

思わず苦笑いを零した柚之助の、小さな隙を縫うように、菊ばあがふいに静かに諭した。

「人の悪い男に育ったと自分で思ってるなら、いつまでも、婆の『珊瑚《さんご》の簪《かんざし》』なぞ探すことはない」

つきりと、心の片隅が痛んだ。

切ない。申し訳ない。いたたまれなさに、柚之助は一度眼を閉じた。

父が、自分達を置いて姿を消すより前、物心ついた時から、柚之助はずっとこんな風だった。

傷ついた心に寄り添おうとすると、自分の心も血を流す。

他人の哀しみや苦しみを和らげようとすると、いつの間にかその哀しみや苦しみを、自分が背負っているような心地になる。

疲れること、この上ない。

だから、人に関心を持つなんて、御免なのだ。

自分勝手なこの心は、菊ばあとさよを気にするだけで手一杯なのだから。

さよが連れてくる客には、心を寄せない。その客が欲する古道具に気持ちを向けることで、客の心を遠ざけ、自分の心に蓋をする。柚之助の心が、勝手に客に寄り添ってしまわないように。

こつを摑むのは、容易かった。柚之助は、静かに時を刻んできた古道具がとても好きだったから。元々、人よりも道具に惹かれる性分なのだ。

そう考えると、「人でなし」振りは確かに、あの父とよく似ていて、二人は父子《おやこ》なのだと、思い知らされる。

柚之助は、息だけで皮肉に笑ってから、菊ばあに告げた。

「必ず、探し出しますよ。菊ばあの大切な珊瑚の簪。父のせいで手放さなければならなかった、爺様《じじさま》の贈り物」

菊ばあが、ほんのりと哀し気に笑った。

この店を「おもかげ屋」と名付けたのは菊ばあだが、古道具屋は、曽祖父の更に父の代からこの地で営んできた家業だ。

それを、柚之助の父、卓蔵《たくぞう》が料理屋に変えてしまった。

卓蔵は、料理に天賦の才があった。

一口食べれば、ほんのひとつまみ入れた隠し味まで当てることが出来、見様見真似で手本よりもうまい料理を、容易く作った。まったく修業をしないまま店を持ち、あっさりと「評判の料理屋」にまで押し上げた。

けれど、苦労を知らぬ者は打たれ弱い。

料理屋で「出したはずのないふぐ」に中《あた》って、客が死んだと騒ぎになった途端、卓蔵は姿を消した。

読売は、「逃げた」と書き立てた。

柚之助が六歳《むっつ》の時だ。

死んだ客は、自分で釣ったふぐを自分で捌《さば》いて中ったのだと、南町定廻同心《みなみまちじょうまわりどうしん》、左右田安兵衛《そうだやすべえ》が探り当ててくれるまで、残された菊ばあと柚之助の母の苦労を、幼い柚之助は傍で見てきた。

どれだけ辛い思いをしていたか、今でも忘れられない。

死んだ客の身内に罵られ、周りから後ろ指をさされた。人死にを出し、主が消えた料理屋からは奉公人も客も去り、瞬く間に立ちいかなくなった。

母は、ふぐ騒ぎの心労と、亭主に置いて行かれた悲しさが過ぎたのだろうか、飛び切り寒い冬の朝、勝手で倒れたきり、二度と目を覚ますことはなかった。

そうして、菊ばあと柚之助、二人きりの暮らしが始まった。

母の弔いを終えた菊ばあは、父の料理屋を閉め、元の古道具屋に戻した。

父は仕入れの金子に糸目を付けなかったらしく、残っていた掛け払いだけでも相当なもので、その借財を返して古道具屋を始める金子を工面するために、菊ばあは、大切にしていた嫁入り道具や着物、帯を片端から売った。

母の持ち物は、元々、料理屋の仕入れの金子を作るために、殆どが質に入れられて久しく、とうに質流れの品として、他の誰かの手に渡っていた。

爺様は、草葉の陰で、こめかみに青筋を立てて怒っているだろう。

代々受け継いでいくはずだった古道具屋を、勝手に料理屋にした挙句、女房と息子、母を置いて消えた息子のことを。

――この歳になって、嫁入り道具やら着物やらを売ることになるとは、さすがに考えもしなかったねぇ。

がらんとした居間を見ながら呟いた菊ばあの声は、随分と軽い調子だったが、子供だった柚之助にも、それがどれほど辛く切なく、情けないことなのか、容易く見当がついた。

せめて、「珊瑚の簪」だけでも、残したかったろうに。

鮮やかな紅と、淡い桜色が渦を巻いたような、珍しい珊瑚の玉簪は、いつも菊ばあの髪を飾っていた。珊瑚の珠の上には、青海波《せいがいは》——連なる波の模様の透かしが入った、珊瑚よりも一回り小さい平打ちの細工が並ぶ、変わったつくりで、所帯を持つ前、恋仲だった爺様から贈られたものだという。

何でも、売り物として仕入れるつもりだったものだが、簪を直に見て、どうしても菊ばあの髪に挿したくなったのだそうだ。

——思った通りだ。よく似合う。

得意げだった爺様が、やけに可愛く見えた。だから、かなり値の張るものだったが、根負けして受け取ってしまった。

菊ばあは幼い柚之助相手に、幾度も惚気た。

菊ばあが幸せそうに爺様との思い出を語るから、綺麗な色をした珊瑚の簪が、幼かった柚之助はとても好きだった。

まるで、菊ばあと爺様の若く幸せだった頃を映したような色合いに、惹かれた。

今思えば、古道具に魅入られた切っ掛けは、あの簪だったのだろう。

皮肉なものだ、と柚之助は思う。

爺様が菊ばあに贈った簪が、安物の簪だったら、爺様との思い出の品は菊ばあの手元に残ったかもしれない。

骨董の目利きだったという爺様が、女房に似合うとひと目惚れした簪でなければ。

別れの挨拶代わりか、珊瑚の簪を丁寧に手入れし、淡々と手放した菊ばあの穏やかな目を見た時、柚之助は菊ばあに約束をした。

――私が爺様の簪を買い戻し、菊ばあの髪に挿します。

どこの誰に買われたか分からず、行方も知れないけれど、その約束は柚之助の中で、今もまだ生きている。

だから柚之助は、菊ばあに、あの時の約束を繰り返した。

「必ず、探し出して買い戻します。そのために、私は古道具屋をやってるんだ」

菊ばあに少しでも楽をして貰いたくて、古道具屋を手伝い始めたのが十一の時。

この婆よりも目利きに育ったから、と菊ばあから店を譲り受け、「おもかげ屋」と屋号が変わったのが、十五の時。

柚之助が「古道具屋」の商いに関わってから七年、手を尽くして探しているが、珊瑚の簪は行方知れずのままだ。

菊ばあは呆れ交じりで、軽口を叩いた。

「まったく、十八にもなって、まだ婆離れができないんだから。仕様のない子だねぇ」

柚之助は、冷ややかに言い返した。

「『太田屋』の小父さんより、大人だと思いますが」

菊ばあが、渋い顔をした。

「来たのかい」

「ええ。午前《ひるまえ》に、猫達の煮干しを持って。猫達に軽くあしらわれ、肩を落として帰りましたけど」

「まったく、あれで羽振りのいい春米屋の主だというのだから。まあ、大人びちゃあいるが商い下手のゆずとは、どっちもどっちか」

菊ばあの言い振りに、今度は柚之助が顔を顰めた。

一緒にしないで欲しい。

その考えが呼んでしまったか、弾んだ足音が庭へ近づいてきた。

飛び切りの笑顔で、ひょっこりと顔を出した男は、藍縞の小袖の裾を腰端折《こしばしょ》りにし、袖は襷《たすき》で括った、顔まで米ぬかだらけにした男——太田屋徳左衛門《とくざえもん》だ。

「やあ、お菊さん。ゆず坊。今日も、いい天気だねぇ」

徳左衛門の呑気な挨拶に、菊ばあと柚之助は、揃って顔を顰め、そっとこめかみに指をやった。

心中の呟きは、二人とも同じだ。

これが主で、「太田屋」の先行きは大丈夫なのだろうか。

柚之助は、決して太田屋の主――徳左衛門のことを嫌っている訳ではない。

徳左衛門は、父、卓蔵の幼馴染だ。そろそろ、四十の声を聞く。

細々とした商いだった「太田屋」をここまでにした商才は、確かなものだと思う。

だが、一見二十歳そこそこに見える若い見た目、頼りなさそうに訴えてくる、親とはぐれた子犬の様なつぶらな瞳、そして、菊ばあや柚之助と話す時の嬉しそうな顔――尻尾があれば、千切れるほどに振っているだろう――、何があったのか知らないが、筋金入りの女嫌い――というより怖いらしい――で、未だに所帯を持てていないせいか、落ち着いた様子がない。「主らしくしてください」と、しょっちゅう番頭に叱られている。

すべてひっくるめると、柚之助にとって徳左衛門は「隣の頼りになる小父さん」というより、「手のかかる年上の弟」ということになるのだ。

まったく、世話の焼ける。

柚之助は、苦い溜息をそっと呑み込み、徳左衛門に訊いた。

「また、煮干しですか。猫達なら店ですよ」

徳左衛門は、少しきまり悪そうに笑いながら、「違う違う」と、手を振った。

「さっき、ゆず坊に礼を言うのを忘れていてね。先だって工夫してくれた『厚揚げの梅干煮』、評判は上々だよ」

「ああ、ええ」と、柚之助は渋々応じた。

「太田屋」は、店の片隅で煮売屋を営んでいる。米を買いに来たついでに、白飯に合う菜でもいかがですか、という具合だ。

先だって、「厚揚げの甘辛煮」の売れ行きが落ちてきたと泣きつかれたので、そろそろ暑くなるから、さっぱりした味付けに変えてみたらどうだろうと、柚之助が工夫をしたのだ。

工夫と言っても、元々の「厚揚げの甘辛煮」――厚揚げを、かつお出汁と醬油、みりんで煮る時に、潰した梅干を加えただけのものだ。さっぱりさせるのなら、梅干しの塩気の分だけ、醬油を控えるようにとも教えたけれど。

そもそも煮売屋の売り物は、すべて柚之助が作った夕飯の菜で、つまみ食いに来た徳左衛門に「この菜をうちで売らせてくれ」と拝み倒されて、今に至っている。

初め、柚之助は断ったのだ。

「太田屋」の煮売屋なぞ、知ったことではない。素人のつくる菜なぞ、売り物にはならない、と。

だが、徳左衛門は引き下がらなかった。

来る日も、来る日も、夕飯時につまみ食いにやってきては、「売らせてくれ」とせがまれる。

いっそのこと、他の煮売屋から買った菜を、柚之助が作ったことにしてつまみ食いさせてやろうかとも思ったが、それは菊ばあが嫌がった。

菊ばあに、煮売屋よりもゆずの作った菜が食べたい、と言われれば、頷くしかない。

そして、徳左衛門をあしらい続けるのが面倒になった柚之助が折れた。

柚之助としては、なるべく太田屋の煮売屋は手伝いたくない。

それは、徳左衛門が、幼馴染の卓蔵――柚之助の父の帰りを待っているから。

父の料理屋が古道具屋に戻ってしまった今、父の居場所はない。だからせめて、煮売屋を営み、戻った父の一時の居場所にしようと考えているのだ。

余計なことを。

母を殺めたも同じ男。祖母を哀しませ、苦労をさせた男。

愛おしい古道具達に興味を持たず、料理屋に変えてしまった男。料理人になりたいのなら、家を出、身ひとつで始めればよかったのだ。なぜ、先代や先々代が守ってきたものを、壊さなければならなかった。

そこまでして作り上げた料理屋を、騒動に巻き込んだ身内を、なぜ放り出して逃げた。

どこまでも手前勝手で、世の中をなめている男が父だとは、自分自身を責めたいほどだ。

「ゆずや」

静かに、菊ばあに呼ばれ、柚之助は我に返った。

余程、昏い顔をしていたようだ。徳左衛門が気遣うような目で、柚之助を窺っている。

柚之助は、即座に心を隠した。

徳左衛門に向け、にっこりと微笑みかける。

何事もなかったかのように。

徳左衛門が、哀し気に笑ったが、柚之助は気にしなかった。

徳左衛門が何を感じ、何を思ったのかなぞ、どうでもいい。

菊ばあが、溜息交じりに「また、目の前に戸板を立てられちまったねぇ」と、徳左衛門を慰めているのが聞こえたが、構わない。

自分は、人に関心を持たないのだから。

柚之助は、徳左衛門に告げた。

「『厚揚げの梅干煮』、評判で何よりです」

徳左衛門が、途端に明るい顔になって口を開いた。

「ゆず坊は、料理に才があるからね。やっぱり――」

「煮干し」

少し強い口調で、柚之助は徳左衛門を遮った。

やっぱり、あの男の息子だ、なんて言ったら許さない。

ぎくりと、徳左衛門が口を噤む。菊ばあが、やれやれ、という風に溜息を吐いた。

「いい歳になっても、迂闊《うかつ》さは変わらんか、太田屋のぼんくら息子」

徳左衛門が、しゅんと萎れた。

「すみません、お菊さん」

柚之助は、父の話をされるのが嫌いだ。似ていると言われるのは、もっと嫌いだ。

だが、こうやって腫物《はれもの》に触るように扱われるのも、癪に障る。

だから柚之助は、強引に話を戻した。

「小父さんが持ってきてくれる煮干しは、あの子達の好物ですので、明日にでもお願いします。梅干煮を工夫した駄賃です」

徳左衛門の顔が、たちまち明るくなった。いそいそと立ち上がって、それはもう嬉しそうに応じる。

「明日と言わず、すぐに取ってこよう。あの子達もそろそろ小腹が空いている頃だ」

徳左衛門は菊ばあに挨拶をし、庭にある裏口から出て行った。

菊ばあが、呆れた口調で呟く。

「四十の声を聞いても、ちっとも落ち着きゃしない」

ははは、と乾いた笑いで菊ばあに応じ、柚之助も立ち上がった。菊ばあが孫を見上げる。

「出かけるかい」

「ええ。八十吉さんの駒が気になりますので」

菊ばあが、皺深い手をひらひらと振った。

「早くお行き。さよや太田屋のぼんくら息子が戻ってくると、面倒だ」

「はい」

「そろそろ、弟子が酒やら肴を持ってやってくるだろうから、訊いてみるといい。縁があれば、駒の行方の手がかりくらいは分かる」

弟子とは、菊ばあの遊び仲間の地廻《じまわり》だ。四十半ばの男前で、両国《りょうごく》辺りを束ねている大物らしいが、菊ばあは「弟子」とか、両国から取って「両《りょう》」とか、呼んでいる。

「弟子」曰く、「あっしの名で、堅気《かたぎ》の衆を怖がらせちゃあいけねぇ」ということで、名のらずにいるらしい。

だから、さよと柚之助も、その男のことを「両さん」と呼んでいる。

さよを酷い生家から救い出して同心の左右田に託し、柚之助と菊ばあに引き合わせたのも、両だ。

さよを自分で引き取らなかったのは、地廻に育てられるのは、さよのために良くないと考えたから。

それでも、菊ばあを訪ねてきては、さよと他愛もないやり取りを、目を細めながら楽しんでいる。

菊ばあと両の「遊び」は、大抵、将棋や囲碁だが、両は一度も菊ばあに勝てたことがない。だから、弟子、だ。

初め、菊ばあは両から「師匠」と呼ばれていたが、さよが連れてきたおばあちゃん猫が「師匠」と名付けられてから、自分のことは「おばば様」と呼ばせている。

両の楽しみは、菊ばあと酒を呑み、賭けの将棋や碁の傍ら、色々な話をすることのようだ。

菊ばあは、政《まつりごと》から、金や米の相場、芝居や錦絵に吉原《よしわら》、妖だの怪異だのまで、何でも話が通じる。弟子曰く、物知りなのではなく、その考えが的を射ていて面白いのだそうだ。

だから五日に一度は、暮れ六つ時、旨い酒を提げて、いそいそと菊ばあの許にやってくる。

正直、他人をこの家へ入れることに、躊躇《ためら》いがなかった訳ではない。だが、菊ばあの弟子は柚之助を放っておいてくれる。さよに対しても、あれこれ口出ししない。いい人間にしては一緒にいても面倒ではないし、何より菊ばあが、弟子といると楽しそうで、十歳ほど若返った様子になるので、まあ、いいかと思っている。

柚之助が大切だと思う人間は、菊ばあとさよの二人。その二人が嬉しそうにしていることが、「おもかげ屋」の商いよりも大事なのだ。

柚之助は、「いってきます」と飛び切りの笑顔を菊ばあに送り、店を出た。


神田、昌平橋北の「おもかげ屋」から浅草御蔵西の元鳥越町の長屋へは、途中まで猪牙舟《ちょきぶね》で神田川を下った方が早い。

だが、船頭と当たり障りのない話をしたり、相手に合わせて笑うのも億劫なので、徒歩《かち》だ。

柚之助は、隣の煮売屋で「手土産」を買ってから、浅草へ向けて歩き出した。

話を聞くきっかけとしては、お愛想を振りまくよりも、ちょっとした物を渡した方が面倒がない。

夏の初めの日差しは、日を追うごとに強さと眩しさを増している。涼しい川風は、徒歩の助けになるので、神田川沿いの道を行く。それでも、浅草御門の手前で北に折れ、武家屋敷の間を縫うように進む頃には、うっすらと額に汗が浮いてきた。

今日は少し暑くなりそうだ。

柚之助は、雲が二つ、三つと、千切れたり纏まったりしながら流れて行く青空を仰ぎ見て、考えた。

武家屋敷の、瓦を頂いた白塗りの塀越しに、瑞々しい葉を茂らせた立派な木々が見える。

柚之助は、冬が苦手で夏が好きだ。

さよは暑くても寒くても猫探しに飛び回っているし、菊ばあは暑くても寒くても、涼しい顔をして過ごしている。うちの女子達は大層たくましい。

対して、猫達は、暑さも寒さも苦手だ。

もう少し暑くなると、師匠が目で団扇《うちわ》を指し、柚之助に「扇げ」と、命じてくるだろう。そうすると、師匠の周りに他の猫も集まってくる。皆師匠を立てているから、「自分も扇げ」と柚之助を脅してくることはないが、どうにかして団扇の風のおこぼれにあずかろうとするのだ。

冬は冬で、やはり師匠の長火鉢にぎゅうぎゅうになるまで入り込み、出遅れ、あぶれた猫達は、互いにひっついて丸まり、まるで皿に乗せた牡丹餅のような恰好で暖を取る。

我儘《わがまま》で愛らしい姿を思い浮かべ、ともすると緩んでしまいそうな目許と口許を引き締めながら、信次郎の祖父が暮らす長屋へ、足を向ける。

そこは、鳥越明神近くのありふれた裏長屋で、「油長屋」と呼ばれていた。大家の表店が油問屋だからだ。

八つ刻《どき》の少し前、木戸から長屋を覗くと、長屋の女房達が三人、井戸端でおしゃべりをしていた。三十過ぎが二人、二十歳そこそこがひとりだ。

賑やかで楽し気な声を聞いた途端に面倒臭くなり、このまま帰ってしまおうか、と埒もないことを考えた時、ふくよかな女房がこちらを向いた。

まともにあった目が、くるりと驚きの形に丸くなり、次いでふっくらとした頬に、ぽ、と、赤みが挿した。

黒髪に挿した柘植の櫛は、古ぼけているものの様子がいい。きっと大切に手入れしているのだろう。

一番年上らしい女房が、上機嫌に言った。

「おや、若い男だよ」

ふくよかな女房が続ける。

「いい男だねぇ」

若い女房が、くすくすと、笑った。

神社の縁日で売っている、土の鈴。素朴でからりとした音がする、あれだ。獣や縁起物、色々な形を模したものがあり、似たような形でも、ひとつひとつ音色が違うところに、土の鈴ならではの趣がある。

さしずめ、一番年上らしい女房は、音色も形もどっしりと落ち着いた達磨《だるま》の鈴、達磨女房だ。

三十過ぎでふくよかな女房は、簡素だが様子のいい、まろやかな音のする丸鈴、丸女房。

二十歳そこそこの小柄でちょこちょことした動きの若い女房は、軽やかで高い音色の小鳥の鈴で、小鳥女房。

そんな見立てをしながら、柚之助は軽い笑みをつくり、女房達に声を掛けた。

「お邪魔します」

小鳥女房が、おずおずと訊ねた。

「この長屋に、何の用」

「こちらに、八十吉さんがおいでと伺いまして」

女房達は、戸惑ったように顔を見合わせた。

「八十吉っつあんの知り合いかい」と訊いたのは、達磨女房だ。

八十吉さんに、あまり会わせたくないようだな。

女房達の顔つきから察したものの、それは表に出さず、なけなしの愛想をかき集め、答えた。

「孫の信次郎さんと、少し縁がございましてね」

途端に、女房達の気配が和らいだ。

「なんだ、信さんの知り合いかい」

「素っ気なくして、悪かったね。元気そうに見えて気落ちしてるから、そっとしといてあげたくてさ」

「八十吉っつあん、ちょいと出ててね。近くまでだから、すぐに戻ると思うよ」

「今日は信さんが来ない日だから、夕飯の菜を豆腐屋へ買いに行ったんだよねぇ」

「厚揚げに塩掛けて、冷や飯で仕舞いさ」

厚揚げと冷や飯のみの夕飯を、柚之助は思い浮かべた。

柚之助にしてみると、少しばかり味気ない飯だが、朝炊いた冷や飯を夜に食べるのは、長屋暮らしの常だ。揚げたての厚揚げなら上出来の類。更に、旨い厚揚げなら、醬油より塩の方が、いけるかもしれない。自分は御免だが。

同じ飯なら、もう少し手を掛けて、旨いものを食べたい。

わざわざ買いに行くくらい旨い厚揚げなら、店を訊いて買って帰ろうか。

菊ばあが、そろそろ両国の弟子が来る頃だと言っていた。二人とも、酒の肴に喜ぶかもしれない。

「仕方ないから、青菜のお浸しでも、お裾分けしてあげようかね」

「じゃあ、あたしは豆腐の味噌汁」

「厚揚げと重なるよ」

「ううん、だったら油揚げかなあ」

「それも、重なるったら」

「おや、困ったね」

「重なったって、どうってことないよ。何しろ『厚揚げに塩』だからね」

「そりゃそうだ」

そんな話をしながら、女房達はきゃらきゃらと笑っている。

信次郎の言う通り、どうやら飯はしっかり食べているようだ。女房達の気遣いも大きいだろう。

あの、と、柚之助は切り出した。

「うちの隣が煮売屋をやっていまして。これ、夕飯の箸休めにでも、皆さんでどうぞ」

持ってきた竹の皮の包みのうち、大きい方を三人に向けて掲げる。

達磨女房に渡すと、丸女房と小鳥女房が覗き込むように包みに顔を寄せた。

達磨女房が柚之助に訊く。

「おや、済まないねぇ。何だい、これは」

「蜆の醬油煮です。ちょっと甘みもついていますので、白飯によく合いますよ」

剝いた蜆と刻んだ生姜を、醬油と黒砂糖で煮たもので、柚之助が考えた菜だ。ほんのりとした甘みと、塩辛くなりすぎない塩梅を探し出すのに、少し苦労した。

女房達が、困ったように顔を見合わせた。

福々しい丸女房が、柚之助の手に残った包みを視線で指しながら、確かめた。

「それは、八十吉っつあんに、かい」

「はい」

済まなそうに、小鳥女房が告げる。

「折角だけどねぇ。八十吉っつあん、多分食べないよ」

再び、丸女房が少し慌てて、取り繕うように言い添えた。

「でもね、大の好物だったんだよ」

柚之助は頷いた。

「ええ。信次郎さんから伺ってます。治助さんが亡くなってから、急に食べなくなった、と」

女房達が、揃ってこくこく、と頷いた。からん、ころん、と素朴な鈴の音が聞こえてきそうだ。

柚之助が続ける。

「食が細くなった、食べなくなったという訳ではなさそうですね」

「ああ。よく食べるよ」

「信次郎さんとは楽しそうに食べてるし。ひとりの時だって、わざわざ厚揚げ買いに行くくらいだしね」

やはり、気落ちしたり身体を壊したりしたのが原因《もと》で、箸が進まない訳ではなさそうだ。

つまり、好物を食べない理由《わけ》が、ある。

そしてそれはきっと、八十吉が大切な駒を売った理由に繋がっている。

その理由が分からなければ、他の駒を信次郎に売っても、同じことになる。信次郎に売る駒の為に、そこははっきりさせておかないといけない。

柚之助の思案は、容易く「八十吉の好物」から、将棋の駒へ移っていった。

八十吉と治助が使っていたという駒。古ぼけて文字が剝げていたのに、結構な値がついた。

どんな駒なのか。ひと目、見てみたい。

「私は古道具屋をやっていまして」

達磨女房が、しげしげと柚之助を眺めた。

「へぇ、お兄さん、古道具屋さんだったのかい。その身なり、床店《とこみせ》じゃあなさそうだねぇ。ひょっとして、表店かい」

「おもかげ屋」のある湯島横町から、神田川を挟んだ南岸沿いには、古道具屋や古着屋の床店——屋台が並んでいるのだ。

「ほんの小さな店です。奉公人もいません」

「それでも、表店は表店だ。若いのに、恐れ入ったよ」

達磨女房は、感心しきりだ。柚之助は、少し笑って、話を戻した。

「実は、信次郎さんが、私の店に将棋の駒を買いにいらっしゃいまして。おじいさんと将棋を指したい、と。八十吉さんは、大切にしていた駒を売ってしまったそうですね」

「そうだったのかい。信次郎さんが」

丸女房が、しんみりと呟いた。達磨女房も応じる。

「八十吉っつぁん、将棋が大好きだからねぇ」

その言葉を皮切りに、三人は代わる代わる言葉を継いだ。

「死んだ治助さんと、わあわあ騒ぎながら指してたっけ」

「どっちが勝っても負けても、楽しそうだったねぇ」

「どっちも、将棋が下手くそで」

「そうそう。だからうちの亭主や他の男連中には相手をしてもらえなくて、いっつも二人で将棋盤挟んでたっけ」

「待った、ばっかりでさあ」

きゃらきゃらと、楽しそうな笑いの中に、微かな哀しさが混じっている。死んだ治助は、長屋の店子達と仲が良かったようだ。

「くだらないもん賭けたりもしてたねぇ」

女房達の思い出話に黙って耳を傾けていた柚之助は、ぴん、ときて口を挟んだ。

「どんなものを、賭けてたんですか」

あはは、と、丸女房が笑った。

「本当に、馬鹿みたいなもんさ。欠けた茶碗と欠けた湯呑とか、使い込んで使い込んで、もう使い物にならないけど、捨てられない仕事道具とか」

くすくすと、若い小鳥女房が笑った。

「振り売りからでんでん太鼓をひとつ二人で買って、どっちがうちの坊やに渡すか。そんな賭けもしてたっけね。あのでんでん太鼓、未だにうちの子のお気に入り」

「そんなことも、あった、あった」

柚之助は、訊いた。

「食べ物を賭けていたことは」

そういえば、と思い出し笑いをしながら、達磨女房が応じる。

「負けた方が、自分の嫌いなものを食べる、なんてぇみょうちきりんな賭けもあったよ」

そうですか、と笑いを女房達に合わせながら、柚之助は、小さく頷いた。

なるほど、そういうことか。

ひとり得心していると、女房達が木戸へ目をやった。

「あ、戻ってきたよ、八十吉っつあん」

達磨女房に告げられ、柚之助はその視線の先を追った。

腰端折りにした古ぼけた小袖に藍半纏を羽織った男が、木戸からこちらへ歩いてくるところだった。手に提げた小さな竹皮の包みが揺れている。

丸女房が明るい声を掛けた。

「八十吉っつあん。お客さんだよ。古道具屋さん、それも表店のご主人だそうだよ」

柚之助の姿に目を丸くした八十吉へ名乗るより先に、柚之助は顔を顰め、訊ねた。

「その包み、ここから西に二本道を隔てた豆腐屋の厚揚げですか」

出し抜けの問い掛けに、八十吉だけでなく、女房達も驚いたように柚之助を見た。

「こいつは、旨《うめ》ぇ」

八十吉は、柚之助が作った「厚揚げの梅干煮」を味見するなり、嬉しそうな声を上げた。

「あんな厚揚げを塩だけで食べるなんて、いけませんよ」

柚之助は、本気で八十吉を窘めた。

この「油長屋」へ来る途中、前を通った豆腐屋の厚揚げは、ひと目見ただけで、食べる気が失せるような代物だった。揚げ方に斑《むら》があり、古い油の嫌な臭いがしていた。

同じような臭いが、八十吉の手にある包みから微かに漂っていて、気づいたのだ。

まずは、念入りに湯通しをする。風味が落ちるのは致し方なし。もとより、風味もへったくれもない厚揚げだ。

それから、小鳥女房に梅干しを分けて貰い、信次郎が持ち込んだというかつお節と黒砂糖を少し失敬して、太田屋で売っている「厚揚げの梅干し煮」を作った。厚揚げ自体が違うから、味は落ちるが、塩で食べるより随分ましだろう。

八十吉に断り、料理を始めた柚之助の手際を食い入るように見ていた三人の女房は、揃って明日の菜はこれにしようと、頷き合っていた。

「どうぞ、冷めないうちに」

「旨ぇ」と言いながら、一口味見しただけで箸を止めてしまった八十吉を、柚之助は促した。

八十吉が、戸惑ったように首を振る。

「客人を放って、飯なんざ食えませんや」

律義なのは結構だが、せっかく作った手間を無駄にしたくない。柚之助は、言葉を添えた。

「冷めたら、油の嫌な臭いが立ってきます。私は気にしませんから、どうぞ」

それでも、八十吉は躊躇うように厚揚げを眺めているだけだ。

「あの厚揚げが、こんな旨ぇ菜になるなんてなぁ」

しみじみと呟いたので、更に押す。八十吉はどうでもいいが、この菜の為に使った梅干しやら黒砂糖やらが、勿体ない。

「そう思って頂けたのでしたら、是非旨いうちに」

かなり強めに押したのもあって、八十吉は、ようやく頷いて箸を取った。

「それじゃあ、遠慮なく」

八十吉は幸せそうな顔で、丼一杯の飯を、厚揚げの煮汁まで綺麗に使ってあっという間に平らげてくれた。

言葉でも食べっぷりでも、柚之助の作った菜を「旨い」と伝えてくれる辺り、大層律儀な元大工だ。

喩えるのなら、きっちりと丁寧に形を揃えた将棋の駒、というところだろうか。

文字は、味や美しさに欠けるが、読みやすい書駒。

歩き方も、しゃきしゃきと、角がはっきりしている感じだった。

うん。将棋の駒だ。

綺麗に嵌った自分の喩えに、内心で悦に入っていると、八十吉はさっと皿と茶碗を片付け、番茶を柚之助に出してくれた。

「孫がこねぇ日は、腹が膨れりゃあそれでいいと思ってたが、旦那のお蔭で旨ぇ飯にありつけやした。礼を言いやす」

八十吉が柚之助の差し向かいに居住まいを正して、頭を下げる。

古道具屋の主と聞いたからか、八十吉は、年下の柚之助に対する言葉遣いも振る舞いも、丁寧だ。

柚之助は、苦笑交じりに告げた。

「店といっても、小さな古道具屋です。奉公人もおりません。ですので、どうぞ、砕けた調子でやり取りさせてください」

八十吉は、少し困ったように首を傾げたが、すぐに、にかっと笑った。人好きのする笑みだ。

「そうかい。そいつは正直、ありがてぇ。こちとら長屋暮らしの元大工だからよ、しゃっちょこばった物言いはどうにも苦手でなあ。それにしたって、その若さで表店の主とは。色男で、身なりもこざっぱりしてる。どっかの若旦那でも通りそうなのに、長屋でちゃちゃっと、じじぃの菜を作ってくれる。まったく、変わったお人だよ」

「よく言われます」

柚之助がさらっと応じると、八十吉は楽しそうに笑った。

ひとしきり笑ってから面を引き締め、柚之助へ詫びた。

「ひょっとして、孫の信次郎が手間ぁ掛けさせたかい。だったら面目ねぇ」

「おや、分かりましたか」

八十吉が苦笑い交じりで頷く。

「近頃しきりに、将棋を指そうって誘ってきやがってなあ。駒を売っちまったから駄目だって突っぱねたら、何やら考え込んでた。こりゃあ、どっかで買ってきやがるなって、思ってたんだ。まさか、古道具屋が直に押しかけてくるたあ、思わなかったけどよ。なんだい、駒の好みでも訊きに来たかい。どんな駒でも、同じだぜ。俺《おら》ぁ二度と将棋は指さねぇって、決めてるんだ」

言い切った八十吉は、楽しそうだ。

信次郎の話とは少し違うなと、柚之助はこっそり首を傾げた。人当たりはいいし、気短でもない。少なくとも、頑固爺には見えない。

ただ、「二度と将棋は指さない」という決心は、なかなか揺らぎそうにない。頑なに思いつめている人間よりも、こんな風に吹っ切れた顔をしている人の心の方が、動かしづらいのだ。

柚之助は、言った。

「信次郎さんと将棋を指してください。そうお願いしに来たわけじゃあありません」

今日のところはね、と、声に出さずに付け加える。

「ほう、そうかい」

軽く応じた八十吉は、やはり楽しそうだ。柚之助が続ける。

「八十吉さんが大切にしていらした駒が、どんなものだったのか、知りたいと思いまして。古道具屋の血が騒いだとでも、申しましょうか。文字が剝げているのに結構な値が付いたと、伺っています」

うん、うん、と八十吉が頷く。

「あんなもんに、値が付くなんてなぁ。誰かに使って貰えりゃあそれでいい、無料《ただ》で引き取って貰って、四文くらいで売って貰えりゃあって思ってたんだけどよ。さし一本に化けた」

四文は、番屋で子供の菓子が買えるほど。辻蕎麦《つじそば》なら十六文。どちらも大した値ではない、という意味で引き合いに出される。

さしは、九十六枚の一文銭に紐を通してひとくくりにしたもので、百文として扱われる。差し引きの四文は、紐に通す手間の分だ。

「四文のつもりが百文に。そりゃすごい。詳しく聞かせてください」

身を乗り出した柚之助を見て、八十吉が笑った。

「古道具屋さん、根っからの古道具好きだね」

自分も大工馬鹿だったから、よく分かる。そう続けた八十吉に、柚之助は笑って見せた。

ふと、八十吉が目を細め、遠くを見るような目になった。

「本当に、大した駒じゃあなかったんだ。何しろ、てめぇ達で作ったんだからな」

柚之助は、目を瞠《みは》った。大工とはいえ素人の手による駒を、古道具屋が百文で買ったのか。

八十吉が続ける。

「大工をしてた頃の伝手で、いい槙の切れ端を貰ってね。俺が削って、治助が駒の字を書いた。あいつは、長屋暮らしの癖に、字が達者だったもんでね」

なるほど、木地は槙かと頷き、確かめる。

「ひょっとして、柾目で作られた」

かか、と、八十吉がいたずら小僧のように笑った。

「その通りだ。切れ端は、たんまりあったから」

本当は、柘植がよかったんだが、さすがに手に入らなかった。あれは、大工ではなく指物《さしもの》師や櫛《くし》職人の領分だから、と言い足した声は、少し残念そうだった。

指物とは、釘を使わずに作る家具のことだ。硬く、文様の美しい柘植は、指物や櫛、小物に使われることが多い。

贅を尽くした屋敷を手掛けることでもなければ、大工とは無縁の材なのだろう。柘植には劣るが、槙も駒の木地としては上等なくちだ。家の柱にも、よく使われる木だから、親しくしていた歳若の大工から、槙の柾目の切れ端を「たんまり」貰うことが出来た、という訳らしい。

八十吉が、くすりと笑った。楽し気に、懐かし気に。

「槙の柾目の木地に文字を書く段になって、治助の奴が急に怖気づきやがってね。手が震えるって、泣き言まで出た。いくら『足りなきゃいくらでも貰ってこれるし、今だって捨てるほどある。そもそも、捨てるような切れ端だって交じってるんだから、安心しろ』って宥めても、なかなか書こうとしない。こちとら気短だからよ、もう少しで喧嘩になるとこだった」

駒のことを語る八十吉を見る限り、本当に大切にしていたようだ。死んだ治助との思い出も詰まっている。

たとえ使わないにしても、そういう持ち主に持っていてもらうことこそ、幸せ者の道具になれるというのに。

今、その駒はどうしているのか。不憫でならない。

「どこの古道具屋にお売りになったか、教えて頂けませんか」

「分からねぇ」

頑固者が顔を出したか。溜息を呑み込んでから、柚之助は穏やかに言い返した。

「御自分でお売りになったのでしょう」

柚之助が、軽く構えたのを感じ取ったか、八十吉は苦笑いで首を横へ振った。

「本当に、どこの古道具屋が百文の大枚はたいて買ってくれたのか、分からねぇんだよ」

首を傾げた柚之助に、八十吉は打ち明けた。

＊

八十吉は初め、隅田川《すみだがわ》にでも捨ててしまおうと、治助と作った駒を持ち出した。川の堤に腰かけ、箱の蓋を開けて古ぼけた駒を眺めていると、後ろから子供の声が八十吉を呼んだ。

「おっちゃん、その駒、捨てるの」

振り返ると、六、七歳ほどの男子が箱の中を覗いていた。

くたびれた小袖、鼻緒《はなお》の擦り切れた下駄。食うものには足りているようだ。顔色はいいし、健やかな子供らしい、のびやかな体つきをしている。

この辺りの貧乏長屋の子だろうか。

自分が暮らす「油長屋」の子供達が重なり——もう少し、いいものを着ているが——、八十吉は座れ、と自分の隣の地面を、軽く二度叩いた。

柔らかな下草は、座り心地がいい。

子供は、ほんの少し間を空けて、大人しく八十吉の側に腰を下ろした。くりりとした丸い眼は、じっと駒を見つめている。

「捨てちゃうのか」

もう一度、訊いてきたので、八十吉は答えた。

「ああ。もう使わねぇからな」

子供は、目をきらきら輝かせて、言った。

「だったら、おいらに預けてくれりゃあ、古道具屋へ売ってきてやるよ」

八十吉は、目を瞠った。

歳の割に、随分頭が回る。だが、子供が持ち込んだものを古道具屋は買い取らないだろう。

「気に入ったんなら、坊主にやるよ。わざわざ売ることはねぇ」

たちまち、子供は怒ったように立ち上がった。

「馬鹿にすんな。ほどこしは、受けねぇ」

八十吉は、また驚いた。そして少し切なくなった。

このくらいの子供は、大人から色々貰うことに、屈託はないはずだ。

大人が子供に、ちょっとした物をやる。それは駄賃の代わりだったり、大人の気まぐれだったり、子供に強請《ねだ》られたりと、様々だが、そのことに大人も子供も躊躇いはない。

なのに幼い子供から「ほどこし」という言葉が出てくるということは、つまりこの子は、「そういう身の上」にある、ということだ。

大したもんじゃねぇ、使い古しの駒だ。

出かかった言葉を、八十吉は呑み込んだ。

たとえ幼い子でも、その矜持を傷つけるものではない。

身分も歳も男女も関わりなく、皆それぞれの事情があり、譲れない「一分《いちぶん》」というものがある。

娘に去られてから、八十吉はそんな風に考えるようになった。

娘の「一分」を、自分は思いやれなかった、と。

八十吉は、子供の申し出を有難く受けることにした。

「じゃあ、頼むとするか。一文でも二文でもいい。どこの古道具屋かは言わなくていい。売れなくても、ここで待ってるからそのまま持ってきてくれ。どっちにしても、駄賃は弾む」

「どこに売ったか、言わなくていいのかい」

子供が首を傾げて訊ねた。変なことを言う大人だ、という目だ。

だが、知ってしまえば、買い戻したくなるかもしれない。

八十吉は、「ああ、構わない」と応じた。

すると、にかっと笑って、子供は胸を張った。

「必ず、売ってきてやるよ、おっちゃん」

「一刻も待ってりゃいいかい」

「半刻もありゃ、充分」

「売ってきてやる」と切り出した時と同じように、きらきらした目をこちらへ向けて、子供は告げた。

ちらりと、持ち逃げされるのでは、という疑いが頭を過った。

どこの古道具屋へ売るつもりなのか知らないが、半刻とは随分短い。

だがすぐに、その疑いを打ち消す。

元々、捨てるつもりだったのだ。持ち逃げされたって、構わない。それもまた、縁だろう。

にかっと笑って、子供を送り出す。

「じゃあ、頼んだぜ、坊主」

任せとけ、と胸を張り、勢いよく駆け出して行った子供の背中を見送りながら、八十吉は小さく呟いた。

「なあ。将棋じゃねぇが、賭けねぇか。あの坊主が半刻で駒を売って戻ってくるか、どうか」

問いかけた、心の中の治助の面影は、呆れたように笑った。

――賭けにならねぇよ。お前ぇだって、あの坊主が、ちゃあんと戻ってくるって、思ってるんだろう。

*

「なるほど」

柚之助は頷いた。

「その男の子は、八十吉さんの駒をしっかり百文で売って、戻ってきたという訳ですね」

「ああ、半刻より早かったよ」

答えた八十吉が、いい笑みを浮かべた。

きっと、意気揚々と戻ってきたその子を思い出しているのだろう。

「そういう訳でな、どこの古道具屋へ売ったかは、全く分からねぇんだ。その子の名も、どこで暮らしてるかも聞かなかった」

少し済まなそうに、少し未練を残した顔で、八十吉は詫びた。

「そもそも、なぜ売ってしまったんです」

その問いが、少し恨みがましくなってしまったのは、許して欲しい。

八十吉が、さばさばと笑った。やせ我慢をしているような気がしたのは、考え過ぎだろうか。

「俺ぁ、もう将棋を指すつもりはねぇからな。楽しく指してくれるどなたさんかの手に渡る方が、治助も喜ぶだろう」

八十吉と治助の気は、それで済むかもしれない。だが、その駒の気持ちはどうなる。八十吉と治助が恋しいに決まっているじゃあないか。

つい、辛抱できずに口走った。

「八十吉さんは、それでいいかもしれない。気持ちのいい子供に会って、少し楽しい気分を味わって。けれど、その駒の幸せは、どうなるんです」

八十吉が、目を丸くして柚之助を見つめた。長めの間を置いて、ぷう、と噴き出した。それから朗らかな笑い声を立てた。

「駒の幸せ、かい。こりゃあ、俺の上をいく馬鹿だ。古道具屋さん、お前さん、面白い人だねぇ」

「自分では、至極真っ当な古道具屋だと思っているんですが」

柚之助は、大真面目に応じながら、小さな舌打ちを堪えた。

何をどう押しても、八十吉は動かない。孫の言う通り、大した頑固者だ。きっと、娘を追い出した頃よりも頑固さに磨きがかかっている。

だが、柚之助にも古道具屋としての意地がある。八十吉の駒も、八十吉の手にあるからこそ生きる道具だ。

柚之助は、にっこり笑って、提げてきた竹皮の包みを八十吉に差し出した。

「こいつは」

「ちょっとした、手土産です。うちの隣の春米屋が、煮売屋もやってましてね。よくある、『蜆の醬油煮』ですよ」

八十吉が、再び困り顔になった。

「こいつは、他の店子にやってくれねぇか」

「先刻のおかみさん方には、渡してあります」

「悪ぃが、俺ぁこれは食えねぇんだ」

「好物だったのに」

「だからだよ」

「なるほど。やはり治助さんと、『好物断ち』を賭けましたか」

初めて、八十吉の顔が哀しい形に歪んだ。すぐに、寂しそうな笑みが哀しみを覆い隠してしまったけれど。

「お前さん、一体何者だい」

八十吉の問いに、柚之助は「古道具屋です」と答えた。

「それにしちゃあ、勘がいい」

「先刻、八十吉さんと治助さんが、面白いものを賭けて将棋を指していたと伺ったもんですから。負けた方が嫌いなものを食べる、なんてこともしてたそうですね。だったら、ひっくり返して、好きなものを食べない、なんていう賭けもしたのではないか、と」

そして、今も賭けの通りにしているということは、それが、治助との最後の将棋だった筈だ。

八十吉が、力を抜くように項垂《うなだ》れた。柚之助から顔を隠したのかもしれない。

項垂れたまま紡いだ言葉は、痛々しいほど穏やかで、明るかった。

「俺が、待ったをかけたんだが、治助の奴が待ったはなしだって、言い張ったんだよ。言い合いしてるうちに日が暮れちまって、仕方ねぇから俺の負けってぇことにしてやった。だが、蜆の醤油煮は食いてぇ。だから、明日また『好物断ち』を賭けようって約束したんだが、その明け方に、治助の奴がぶっ倒れちまってよ。おかげで、なかなか好物が食えねぇ」

柚之助は、人間の心の裡に触れることを、避けてきた。つい触れても、知らない振りをしてきた。

それでも、八十吉の想いに、気づいてしまった。

八十吉は治助を待っているのだ。

友があの世へ旅立ったことを、認めたくない。

だから、明るい顔をして頑固を貫いている。

口では、もう将棋を指さないと言っているが、心の隅では治助を待っている。

駒を、どこの古道具屋か分からないようにして売ってしまったのは、将棋を指さないという決心の証ではない。手元にあるのに指せないことが、辛いのだ。

治助は、もういない。

そのことを、思い知らされるのが辛い。

込み入ってるねぇ。

柚之助は小さく溜息を吐いてから、口を開いた。

「お願いがあります」

のろのろと、八十吉が顔を上げた。

「お二人で作った駒を、私が探して買い取ることを許しちゃあ頂けませんか」

「見つけたって、俺ぁ、買わねぇよ」

「もちろん、結構です。私がその駒に興味があるだけですので。ああ、ただ、信次郎さんがお気に召したら、お求め下さるとは思いますが」

信次郎の名を出した途端、萎れていた八十吉の背が、少ししゃんとした。寂し気だった目にも、光が戻る。

「そりゃあ、何を買おうが買うまいが、あいつの勝手だからな。俺がどうこう言える筋合いじゃねぇ」

強がってるなあ。本当は、信次郎さんが買ってくれればいいと、思っている癖に。

柚之助は笑いを堪えて、礼を言った。

「ありがとうございます。心置きなく探させていただきます」

柚之助は、立ち上がって八十吉へ軽く頭を下げた。

「それじゃあ私はこれで」

置き忘れた振りの蜆の醤油煮を、八十吉は見逃してくれなかったようだ。

「こいつを持って帰ってくれ」

かすかに硬い声で言った八十吉へ、柚之助はにっこり笑って言い返した。

「それは土産に持ってきたもんです。持って帰ったら、受け取って貰えなかったと知った隣の主が泣きます。召し上がらないのなら明日信次郎さんがいらした時にでもお渡しください。日持ちしますので」

八十吉は、まいったなと言うように、こめかみを掻きながら訊ねた。

「おかみさん達にやってもいいかい」

「勿論です。好きにお使いください」

八十吉は諦めたような苦笑いを、柚之助へ向けた。

もう一度軽く頭を下げ、土間へ降り、腰高障子に手を掛けた柚之助の背中に、「なあ」と戸惑いを含んだ声が掛かった。

柚之助はゆっくりと振り返り八十吉に問い返した。

「何でしょう」

八十吉は答えない。

迷うような、ばつが悪そうな顔をして、あさっての方を見ている。

自分で行方を追えぬようにしておきながら、いざ、見つかるかもしれないとなると、やはり気になるらしい。

柚之助もあらぬ方向を向きながら、言った。

「そうそう、もしも八十吉さんの駒が見つかったら、お知らせに上がらなければいけませんね。駒が元の持ち主に、心配をかけたくないでしょうから。こいつはただの独り言です」

そうして、八十吉の答えを待たず、柚之助は腰高障子を引き開け、部屋を出た。

後ろ手に閉めた障子越しに、八十吉の小さな声が聞こえた。

「恩に着る」

三話　頑固爺と将棋の駒　二

昌平橋の北、「おもかげ屋」へ柚之助が戻ると、すでに菊ばあと両の酒盛りが始まっていた。

思いのほか、「油長屋」で長居をしてしまったようだ。

店にさよの姿はなく、店先から土間まで綺麗に掃き清められていた。微かに聞こえてくる二人の賑やかな遣り取りへ耳を傾けながら、表の板戸を立てて戸締りをし、勝手へ向かう。

菊ばあも両も、呑みながらよく食べる。

よく食べると言っても、がつがつと、大量に食べる訳ではない。ただ、大酒呑みのくせに肴がないと呑めない。しかも、色々なものを少しずつ並べないと、決まって寂しそうな顔をする。

一品は「厚揚げの梅干し煮」でいいだろう。「太田屋」の菜よりも醬油を控えて薄味に仕上げ、そのぶん鰹節をたっぷりとかける。それから、蒲鉾《かまぼこ》と紫蘇《しそ》を千切りにして和えたもの、出始めの茄子《なす》は、白味噌と擂《す》った白ごまで味噌煮にする。あとは茗荷《みょうが》を炙って塩をかけたもの、太田屋からもらった煮干しで充分だろう。あれは上等だし、両の好物でもある。

手早く五品揃えて、二人のいる縁側へ持っていく。

三本の柚子の木を眺められる南向きの縁側、将棋盤を間に、向かい合って腰を下ろす男女がいた。

駒は綺麗に、初めの形に並べられたきりで、どちらも動かす気配がない。

見慣れた風景だ。

菊ばあと両の間には、将棋を指さない時でも、将棋盤がある。

さあ、と、風が庭を渡った。

柚子の白い花が揺れて甘い香りが立ち上り、盆に載せた肴の匂いを、束の間追いやる。実や皮が放つ、爽やかな香りとはまた違う、ほっとするような香りだ。

ふ、と両がこちらを向いて笑んだ。

柚之助が軽く応じる。

「いらっしゃい」

挨拶をしながら肴の載った盆を将棋盤の横に置いて、少し離れたところに腰を下ろす。

両が満面の笑みで柚之助に話しかける。

「旨そうだ。いつもすまねぇな」

「いえいえ。肴の四つ五つ、大したことはありませんし、うちの縁側に菊ばあの弟子が上がり込んで寛ぐ姿も、もう見慣れましたから」

両が、にかっと笑った。地廻とは思えない、人好きのする笑みだ。

「そいつはいい。ゆず坊も、ようやく大人になったかい」

柚之助は溜息を飲み込んだ。

相変わらず皮肉が通じない。あるいは皮肉で返されたか。

勘ぐってみたが、きらきらとした瞳で、さてどれから食べようかと、肴に向かって箸を迷わせている姿を見る限り、たぶん言葉そのままの意味だろう。

「やっぱり煮干しかな、と思わせて、ここは茗荷だ」

誰に思わせるんだ。

言い返したいのを堪えている柚之助を他所に、両がぽい、と大きめの茗荷を口に放り込み、噛み締める。

ふわりと、茗荷の夏らしい香りが漂った。

幸せそうだなあ。

眺めていると、「美味しい顔」そのままで、両が訊いた。

「探し物が、あるんだって」

柚之助が、菊ばあをちらりと見る。菊ばあが涼しい顔で告げた。

「ゆずが直に頼むのが筋だと思ったんだけどねぇ。お前はどうしてるって弟子に訊ねられた流れでね」

柚之助は、両の目を見た。

穏やかな中に、読めない色が見える。澄んでいる癖に底が知れない池のようだ。

柚之助の悪い癖、「見立て古道具」によれば、両は煙管である。

余計な飾りの全くない、一見使い勝手がよさそうな良品。だが、吸い口と雁首は、固い鉄で得物にもなり、火皿と雁首は一体になっていて隙がない。吸い口と雁首を繋ぐ胴体——羅宇《らう》は、何が詰まっているのか分からない。

菊ばあとさよに見せている顔が「使い勝手のいい煙管」であるうちは、柚之助には両を遠ざける理由がない。

だがいつ、使い勝手のいいただの煙管から、邪魔者を屠る得物に変わるとも知れない。

用心しておくに越したことはないと、柚之助は常々考えている。

切れ長の目、すっと通った鼻すじ、いかにも品の良さそうな唇の形、上背は柚之助よりも少し高いほど。一寸見《ちょつとみ》は堅気の商人のようだ。底知れない瞳から時折投げつけられる鋭い視線が、その見た目をあっさり裏切っているけれど。

その両が、菊ばあの世話をせっせと焼いている。

両国界隈を束ねる忙しい身でありながら、こうしてしょっちゅう菊ばあのところへ通ってきては、様々な話に花を咲かせ、時折、櫛や匂い袋、女子が喜びそうな土産を、「たまたま目についたから」と、菊ばあに持ってくる。

菊ばあも菊ばあで、「こういうのは、いくつになっても嬉しいもんだねぇ」と嘯き、遠慮をする様子もない。

土産に簪が一度もないのは、きっと柚之助が菊ばあの珊瑚の簪を探していると、承知しているからなのだろう。

一体この男は柚之助と菊ばあのことを、どれだけ知っているのだろう。

柚之助の父の今の居場所なんぞを探し当てられると、鬱陶しいことこの上ない。

とはいえ、気遣い細やかな男のことだ、柚之助がとうに父を切り捨てていることは察しているだろうから、あまり心配することもない。

ここまで考えて、ふと思い当たった。

自分は父に会いたくなどないが、菊ばあはどうなのだろう。

どんなに出来の悪い子で、どれだけ苦労させられたとしても、とうに——歳だけは——大人の男になっていたとしても、息子はやはり心配で、ひと目会いたいと思っているのではなかろうか。

柚之助は、ふと気づいて、零れかけた溜息を噛み殺した。

ほんの刹那でも、菊ばあの心を察することを、「面倒だ」と感じてしまった。誰かの心に寄り添うことを避けてきた癖が、他ならぬ、たったひとりの身内相手にも顔を出した。

いよいよ、自分も人でなしの仲間入りかと、湧き上がる荒んだ笑みを、顔を伏せて誤魔化した。

小さく息を吐き、柚之助は、菊ばあと両へ視線を向けた。

二人は、長年の友のように、互いに寛いだ様子で、楽し気に語り合っている。今日は、近頃噂の、盗賊一味の正体について、だ。

手口がどうの、仕込みがどうのと、二人とも、裏の顔は盗賊の頭なのではないかと心配してしまうほど、その話は詳しく、熱が籠っている。

時々、柚之助は思うのだ。

両は、ただ楽しくて、うちに足繁く通っているのではないのかもしれない。

両は、菊ばあのことを大層気遣っている。かつて菊ばあのものだった「おもかげ屋」も同じだ。

菊ばあと、孫の柚之助の周りに、危ないことはないか。

菊ばあの大切な「おもかげ屋」に、要らぬちょっかいを出してくる不届き者はいないか。

念入りに気にかけているように見えるのだ。

おまけに、「おもかげ屋」の商売敵の動向について、細かなところまで探りを入れている節まであって、だからこそ菊ばあは、両に「訊いてみるといい」と言ったのだろう。

そこまでする理由は何なのか。まさか、菊ばあの隠し子。

いやいや、そんな馬鹿な、と、くだらない思いつきを、頭から追い出す。

それより今は、八十吉の駒だ。

二人のやり取りが、一段落したところを見計らって、柚之助は訊ねてみた。

「両さん、一風変わった将棋の駒の噂を、聞いたことはありませんか。槙の柾目で、文字の剝げかけた、素人の手作りの駒です」

両が、柚子の木へ視線を向けながら、考える様子を見せた。すぐに軽く首を横へ振る。

「聞いたことはねぇなぁ。その駒がどうした」

怪しい。

どうも、知っていて、惚けている匂いがする。

柚之助は、両の顔色を探りながら、続けた。

「古道具屋へ売ってしまったのを買い戻したいのですが、どこの古道具屋なのか分からなくて」

経緯をかいつまんで話すと、ばつの悪そうな顔で、両が明後日の方角、庭の柚子の木へ再び視線をさ迷わせる。

悪戯が見つかった時の、うちの猫達のようだな。

猫達は、気が向くと、縁側へやってきて両に食べ物をせがむのだが、今日はその気配がない。皆それぞれの居場所で、転寝でもしているのだろう。

菊ばあが、にやりと笑った。

「心当たりがあるんじゃあないのかい、両」

「はあ、その」

「照れてないで、教えてやっとくれな」

なるほど、これは、照れてるのか。

ほほう、と、柚之助は呟き、両の顔を覗き込んだ。

両が、照れてる訳じゃあ、と、もごもご口の中で言い返して、柚子の木から空へと目を移す。

今度はまるきり、障子に穴をあけてしまった時の、くろの顔だ。

それから、ふう、と諦めたように息を吐き、ようやく柚之助を見た。

「多分、その、古道具屋に使いをしたという子は、俺の知り合いだ」

「知り合い」

訊き返した柚之助に、笑いながら答えたのは、菊ばあだ。

「この子はね、孤児《みなしご》達を助けてるんだよ」

それも、子供達に金子を与えるのではなく、生きる術を身につけられるよう、促すのだそうだ。

大したこっちゃねぇよ、と照れながら、両は自ら、語った。

貰った金子は、使えば仕舞いだ。

金子は貰うもの、自分は施されるもの、そういう考えが身についてしまうと、働かなくなる。人に蔑まれても、他人に助けられても、なんとも思わなくなる。

たくましく、心は豊かにしたたかに。そうして一日を過ごして欲しい。

そう願って、両は子供達にもできる「仕事」を与えている。

その仕事は、子供の性分によって様々だ。優しい子には、独り暮らしの年寄りの話し相手。手先の器用な子には、子供好きな職人の手伝い。

件の男子は、目端が利き、物おじしない性分が目を引いた。だから、自ら「駄賃を貰えるような手伝い」を大人から頼まれるこつを、授けてやった。やがてそのこつは、商いを始める時に役に立つだろう、と。

物や手紙を届けることから始めさせたが、かなり楽しかったらしい。

男子が自分で、「要らないものを預かって売る商い」をやってみたいと、両に打ち明けたのは、ある古道具屋へ手紙を届ける手伝いをしてからすぐのことだ。

古道具屋、古着屋、大名や幕臣から進物を買い取って売る献残屋《けんざんや》。

物は、巡る。

質屋とて、商いの芯は金貸しで、質に入れられた物が目当てではないが、それでも、たまに流れた品を売ることもする。

物は、人から人へ、要らぬ人から欲する人へ渡って行く。その橋渡しができないだろうか。

男子は、思いついたのだ。

両は、嬉しそうに口許を綻ばせた。

「古道具屋の手伝いをして、閃いたそうだ。忙しくて手が回らない職人、体面を気にしていそうな金持ちのお内儀《ないぎ》さん、売りたいものがあるのに、売れない大人がいるってな。売りたくても売れないなら、その間を取り持って、駄賃を貰おう。そう考えた自分は、『子供が声を掛けても、邪険にしない大人』を見分けられる。幸いまではよかったが、古道具屋の方で躓《つまず》いた」

それは、そうだ。子供が大人の使う道具なぞ持ち込んでも、門前払いだ。悪くすれば、家から黙って持ち出したか、盗んだのではないか、と疑われる。

そこで両は、「子供からでも買ってくれる古道具屋」を、その子に教えた。

以前、破落戸《ごろつき》に嫌がらせをされていたところを、両が助けた古道具屋で、前もって話を通しておいた。

その子が古道具を持ち込んだら、きちんとした値で買い取って欲しい。たまにでいいから、売り買いの駆け引きの真似事を、仕掛けてやってくれないか、と。

両には恩があるから、と古道具屋は快く引き受けてくれた。

色々、なるほど、だ。

柚之助は、両と菊ばあの話を聞き、小さく頷いた。

将棋の駒を「やる」と言った八十吉に、「ほどこしは、受けねぇ」と、啖呵を切ったのは、両の教えだったか。

元々、売る先があるから、得意げに「売ってきてやる」と、言えたのか。

目をきらきらさせたのは、自分で思いついた「商い」だから。

上手く育てている、と思った。

だが、両の手助けは、施しにはならないのだろうか。ちらりと過った意地の悪い考えは、胸の裡に仕舞っておくことにする。

答えは、過った刹那に柚之助にも分かっていたから。

それは、互いの心のありようの差、とでも言えばいいだろうか。

両は、人として、その子やさよを、自分と等し並に見ている。そして、力のある大人が、まだ力のない子供に力を貸すことは、当たり前だと思っている。

そこには、施す側の傲《おご》りも蔑《さげす》みもない。

子供達は、その力を元手に、少しずつ自分の力として大きくしていく。それが両に対する恩返しだと、分かっているのだ。

自分には無理だなあ。

柚之助は、へら、と笑った。

そこまで、人を信用できない。そんな濃い関わりを持つことも、御免だ。

「ゆず坊」

両が、気遣うように、問いかけるように、柚之助を呼んだ。

柚之助は、笑みを取り繕い、口を開いた。

「つまりその、両さんの知り合いの子が、八十吉さんの駒を古道具屋へ売りに行った、と」

「ちょっとした手伝いを持ち掛ける子供はいても、古道具屋との橋渡しを言い出す奴は、そういねぇだろう」

「つかぬことを伺いますが、その子が持ち込んだら高く買い取る約束を、その古道具屋としていますか」

両は、微かに眉根を寄せた。

「言ったろう。きちんとした値だ」

つまり、古道具屋にとって、高すぎも安すぎもしない、普段の商い通りの値、ということか。

買値に色を付けるのは、どうやら「施し」になるらしい。

線引きが、面倒だな。

腹の中でぼやいてから、考えを駒へ移す。

きちんとした値で買い取ったということは、その古道具屋には、八十吉の駒は「百文」に見えたらしい。

両と子供の「いい話」が吹き飛ぶほど、わくわくした。

「ゆずや。顔がにやけているよ」

すかさず、菊ばあから釘を刺され、柚之助は口許と頰を引き締めた。

「これがなきゃあなあ。水も滴る色男、なんだけどよ」

とは、苦笑い交じりの両の言だ。

余計なお世話だ。大体、古道具屋が「色男」でも、商いにはなんの得にも障りにもならない。

柚之助は、両に訊いた。

「その古道具屋、教えて貰えませんか」

「いいけどよ。どうするつもりだい」

「売れてなければ買い取ります。売れていたら、買った先を伺います」

両が、目を細め、くつくつと喉で笑った。

「大した惚れっぷりだな。だが、あっちだって、素人が作った駒に百文も出したんだ。相当気に入ってるかもしれねぇ。さて、どう攻める」

菊ばあの瞳が笑っている。両も菊ばあも、面白がっているのだ。

柚之助は、溜息をこっそり呑み込んだ。

両のお蔭で、駒を買った古道具屋が分かった。ここは、付き合ってやるか。

「両さんの話から察するに、真っ正直な商いをされているのでしょう。いくら恩のある人に頼まれたからと言っても、子供相手に真っ当な商いをしているのだから、情け深いお人でもある」

「両は、おっかないから、誰でも大人しく言うことを聞くと思うけどね」

「おばば様」

背中を丸めて、両が弱々しく言い返した。

両は、菊ばあに弱い。

将棋だって囲碁だって、話し相手だって、両ならいくらでも相手はいるだろうに。

そもそも、菊ばあと両の出逢いとは、どんな風だったのだろう。

柚之助は、ある日、いきなり弟子だ、と引き合わされたのだが――。

それかけた思案を、柚之助は引き戻し、告げた。

「明日、真正面からぶつかってみようと思います。古道具屋として」

菊ばあが、首を傾げた。

「さて、人嫌いのゆずが、情け深い古道具屋に、真正面から行って、敵うものかね」

正直、分が悪い。

そう答える前に、両が大真面目な顔で請け合った。

「ゆず坊なら、心配いりやせんよ」

柚之助は、居心地の悪さに、思い切り顔を顰めた。


次の日、柚之助は自分と菊ばあ、猫達の朝飯を済ませ、さよが店へやってくる前に、両国へ向かった。

両から教えられた古道具屋は、両国広小路《ひろこうじ》から北へ道を一本入った下柳原同朋《しもやなぎばらどうぼう》町《ちょう》に店を構えていた。

表戸は開いていて、白地に紺で屋号「廣丸堂《ひろまるどう》」を染めた大きな暖簾が掛かっている。壁は、胸の高さまで土壁で、その上は粗い格子に葭簀《よしず》張り。

向かって左の格子には、古びた狐やひょっとこ、おかめなどの面が、飾り付けてある。

小さな店は、縁台を出したり、壁に飾ったり、店が開いている間は、往来から売り物が見えるよう工夫しているところも多いが、この店は、客というよりも、むしろ子供が入りやすいようにする工夫だろうか。

そんな風に思えるほど、古びた面や、その脇の風車は、可愛らしい、子供が喜びそうな飾りだった。

世話になった地廻への恩義もあるだろうが、この店の主もまた、子供が好きなのかもしれない。

これは、いよいよ難しそうだ。

柚之助は、壁のひょっとこを眺めながら、顔を顰めた。

両と菊ばあに話した通り、「真っ正直で真っ当で情け深い」人間には、真正面から当たるのがいい。勘のいい相手だとしたら、尚更だ。

そうして、自分は真正面から人間と対するのが、苦手だ。

どう切り出すか。

いや、そもそも、誠実な面《めん》を、どうやって被るか。

いっそ、このひょっとこ面を借りてみるか。

埒もないことを考えていると、穏やかな声が掛かった。

「そのひょっとこ面、口の尖り方に、味があるでしょう」

はっとして、声の方を向くと、暖簾を手で避けながら、店の中から笑顔の男が柚之助を見ていた。この男が、主だろう。

「お気に召したようなら、壁から外しますよ。中にも色々ございますので、どうぞ」

はあ、とぼんやりした返事をすると、男は、おや、という顔になった。

「ひょっとして、お目当てはひょっとこの面では、いらっしゃらない」

「え」

「困ったぞ。この流れじゃあ、ひょっとこの面を買わなきゃならないか。そんな顔をしておいでてでしたので」

柚之助は、溜息を呑み込んだ。

恐れた通り、「真っ正直で真っ当で情け深い」に加え、勘もいいらしい。

愛想のいい顔を作ろうとして、止めた。

最初《はじめ》が肝心。誤魔化しはこういう男には、禁物である。

柚之助は、静かに切り出した。

「将棋の駒を、見せて頂きたくて参りました」

す、と男の目つきが変わった。

「主の仁兵衛《じんべえ》と申します。まずは、どうぞ中へ」

もう一度促され、柚之助は従った。

「おもかげ屋」とは違い、一歩入ると、整然と道具達が並んでいる。客に見やすいように、手に取りやすいように。

よく手入れをされ、大切にされている道具ばかりだ。

店の中を眺めているうちに、主の仁兵衛自らが、茶を淹れてくれた。

礼を言ってから、柚之助が訊ねる。

「おひとりで、店を」

仁兵衛は、自分の店を見回しながら、笑った。

「小さな店ですから、女房と二人で切り盛りしています。女房は、ちょっと買い物に出ていましてね」

それから、す、と小さな木箱を柚之助の前に押し出した。

「ひょっとして、これをお探しですか」

売り物にしては、少し手慣れていない、だが素人が作ったにしては出来のいい、槙の箱。丁寧に使い込んでいい色になっている。

中を見なくても分かった。八十吉の駒だ。

柚之助は、仁兵衛を見た。

年の頃は、四十そこそこ。なで肩、おっとりした佇まい。

滑らかな形をした、音のいい南部風鈴だな。

硝子の江戸風鈴は、ちりん、ちりん、と可愛らしい音がする。

対して、鉄でできた南部風鈴は、りぃーん、と、高く澄んだ音が長く響く。

その勘で何か察する度に、りぃーん、と曇りのないいい音が鳴るのだ。

柚之助が口を開かずにいると、仁兵衛が箱を開けた。そっと、丁寧に、床に駒を並べていく。

八十吉から聞いた通りの駒、いや、それ以上だ。

槙の柾目、それも、取り分け美しい木目を選んで切り出した木地に、漆を混ぜた黒墨で、王将、金将、桂馬、と文字が書かれている。

ところどころ剝がれているのが、かえって味に見える程、微笑ましい、福々しい字だ。

将棋の駒の字としては、恐らく好まれないだろうけれど。

「どうぞ、お手に取って」

仁兵衛が勧める。手を伸ばす代わりに、柚之助は小さく息を吐いて、訊ねた。

「私がこれを探していると、どうしてお分かりになりました」

「失礼ですが、『おもかげ屋』の柚之助さんではありませんか」

訊き返され、束の間言葉を喪う。

りぃーん、りぃーん、といい音で南部風鈴が鳴った。

「お客さんというよりは、ご同業の目で、店の売り物をご覧になっていましたので。目を留めるものも、いい品ばかり。お若いのに大した目利きと言えば、『おもかげ屋』さんだ。その『おもかげ屋』さんが探しているとなれば、ただの駒ではないでしょうから」

ここは、「まだまだ、駆け出しの身です」とかなんとか、謙遜をするべきだろうか。

そう思い掛けて、すぐに諦めた。

慣れないことはするものではない。真正面から攻めると決めたのだし、色々見抜かれて、取り繕う元気も失せてしまった。

直截《ちょくせつ》に、切り出す。

「この駒、是非私にお譲り頂けませんでしょうか」

仁兵衛は、じっと柚之助を見てから、駒へ目を移した。

「槙のいい柾目を使った木地、将棋の駒からは外れているものの、見ていてほっこりするような字。ほら、ここ、剝げたところを後から書き足しているんですよ。ちょっと手が震えてる。きっと、楽しみながら作ったんでしょうねぇ」

仁兵衛は笑い、続けた。

「私も女房も、この駒を眺めるのが好きでねぇ。なんだか、温かい気持ちになってくる」

つまり、気に入っている。手放す気はない、ということか。

軽く構えた柚之助に、仁兵衛が宥めるような目を向けた。

「噂は、伺っていますよ。気に入った古道具に話しかける変わり者。人より古道具が大事。若いのに大した目利き。古道具の為になるなら、ついでに客自身の困りごとや厄介事を片付けてくれる」

仕舞いの、「ついでに」から先は、さよの所為《せい》だ。

やれやれ、と内心で溜息を吐き、仁兵衛と向き合う。

「古道具は、所詮古道具です。骨董品じゃあない。目利きなんて、大した役に立ちませんよ。ただ私は、心を込めて作られ、大切に使われてきた道具達を、なるべく幸せにしたいと思っているだけです」

仁兵衛が、目を細めた。

「聞きしに勝る、古道具馬鹿、ですか」

「お褒めの言葉として、受け取っておきます」

仁兵衛は軽く首を振り、告げた。

「私も、同じ考えですよ。心を込めて作られ、大切に使われてきた道具達は、ぞんざいに扱われるべきではない。おしなべて道具はそうあるべきですが、取り分け、人の想いが込められた道具は、大切にされなければ」

おや、案外話が合うのではないか。

ちらりと柚之助は思ったが、とりあえず、ええ、と小さく頷くに留めた。

仁兵衛が、ふいに笑みを消して、訊ねた。

「こちらの駒をお求めになりたい理由《わけ》を、伺っても」

柚之助は、束の間迷った。

思った以上に侮れない人物のようだが、「真っ正直で真っ当で情け深い」ことには違いがない。攻め方を変えるのは、得策ではない。

かと言って、八十吉の治助との想い出を赤の他人の自分が、赤の他人の古道具屋へ洗いざらい話すのも、いかがなものか、とは思う。

言葉を選びながら、柚之助は告げた。

「これを作ったお人の手に、戻してやりたいと思いまして。この駒はきっとそう望んでいるでしょうから」

少し長い静けさが、重かった。

仁兵衛が、視線を駒に落として、口を開いた。

「『おもかげ屋』さんのお気持ちは、よく分かりました」

ほっとするどころか、ぎくりとした。

この口調、振る舞いは、芳しくない答えが返ってくる時の、それだ。

案の定、仁兵衛は「ですが」と、続けた。

「お前さんのおっしゃる通り、駒が、元の持ち主の許へ戻りたいと望んでいるとしましょう。ですが、手放した持ち主の気持ちは、どうなんでしょうか。手放したのには、それなりの理由《わけ》があるはずだ。ましてや、『おもかげ屋』さんがひと目で惚れこみ、執着するような駒だ。手放した理由も、軽いものでは、きっとない」

「ええ」

あっさり、柚之助は認めた。

「わざわざ、通りすがりの子供に使いを頼んだくらいですから、二度と手にしないという覚悟は、つけておいでだったようです」

じっと、仁兵衛が柚之助を見つめて、問うた。

「それでも、この駒をお求めになるとおっしゃる」

「はい」

「なぜ」

「私が惹かれたからです。それは『廣丸堂』さんも、同じでしょう。もっとも、私が惹かれたのは、思い入れが作り出した、この駒の『貌』。『廣丸堂』さんが惹かれたのは、この駒から透けて見える、人間の思い入れ、というところでしょうか」

「つまり、それは――」

仁兵衛の声が、冷たさを帯びた。小さな間を置いて、続ける。

「どうでも、人の気持ちより古道具の『幸せ』をとる、と」

ああ、面倒だ。

柚之助は、念入りに目を伏せ、声には出さずに呟いた。

「人間だけなんですよ。『本心』を建前や意地で誤魔化すのは。古道具からは、大切にされたのか邪険にされたのかが、ちゃんと伝わってくる。うちにいる猫だって、信用できない相手には毛を逆立ててますし、信用できるとなれば、近づいてくれる」

人に懐かない犬猫が、本当はぬくもりを求めてるなんて、嘘っぱち。何かに優しくしたい人間の、手前勝手な押し付けだ。

身体を膨らませ、低く唸っている刹那、彼らは間違いなく人を嫌って、恐れている。ぬくもりを求めるようになるのは、そこにあるものが自分にとって心地よくて、目の前にいる生き物は危なくないと、気づいてからだ。

ですからね、と、飛び切りの笑みで柚之助は答えた。

「本心が見えやすい方を先にどうにかしてやると、ややこしい方の本心も、ついでに引きずられて出てくるとは、思いませんか」

「この駒の元の持ち主の本心は違うところにあると、おっしゃる」

「さあ、それはなんとも」

幾分素っ気なく応じた柚之助を、仁兵衛は束の間見据えていたが、ふ、と口許を綻ばせた。

「これの持ち主の本心をとうに承知のご様子なのに、そうやって惚けられる。食えないお人だ」

同業の若造相手に、ずっと丁寧な口調、応対を崩さない。「真っ正直で真っ当で情け深い」くせに、ひねくれた柚之助の心裡も厭味な程読んでくる。

まったく、食えないのはどちらだ。

そんな皮肉を込めて、柚之助は極上の笑みを浮かべた。

「是非、この駒を買い取らせて頂きたい」

再び切り出した柚之助に、仁兵衛はあっさり頷いた。

「百文でいかがでしょう」

問われ、戸惑う。

「使いの子から、百文で買い取ったと、聞いています」

「ええ、そうですね」

「それでは、こちらの儲けがないでしょう」

情けを大事にするのは、見上げた性根だと思う。だが、情けで食ってはいけない。こんな商いは続かない。情け深い商いを続けたいのなら、まず自分と身内、そして店を守らなければ。情けを施し店を潰すなぞ、本末転倒である。同業として、無駄に身を削るような商いは、認められない。

柚之助を見ていた仁兵衛が目を瞠り、それから朗らかに笑った。

「御心配頂かなくとも、他で帳尻を合わせていますので、大丈夫ですよ。例えば、懐の重そうな好事家に頼まれた壺の値に、ほんの少し上乗せする、ですとかね」

また、胸の裡を読まれた。

そして、柚之助は気づいた。

きっと、この駒を持ち込んだ子供にも、こんな生温《なまぬる》い笑みを見せていたのだろう。つまり自分は、この古道具屋主に「子供扱い」されているということだ。

――偉いぞ、坊主。

言いながら頭を撫でられている心地になり、腹が立つやら、居心地が悪いやらで、柚之助は、顔に張りつけた笑みを保たせるのに、苦心した。

そんなことは、お見通しなのだろう。仁兵衛が笑いを堪えながら言い添える。

「『おもかげ屋』さんのお話では、そもそもこの駒は、元の持ち主が手放すべきものではなかった。ならば、商い自体なかったことにした方がいいでしょう。子供への駄賃はともかく、なるべく元通りに。大丈夫、店として損はしていませんので」

妙な理屈だが、柚之助は「分かりました」と頷いた。

懐から銭入れを引っ張り出し、百文のさしを差し出す。少し上乗せすることも考えたが、こちらは若造で、「廣丸堂」は「おもかげ屋」よりも大きな店だ。かえって失礼だろうと、思い直した。

「確かに、百文。ありがとうございます。これからも、どうぞよいお取引を」

仁兵衛が、頭を下げた。柚之助も「こちらこそ、ご縁がありましたら、よい商いをお願いします」と応じた。

これでこの駒は柚之助の物になった。

駒をひとつひとつ、これ以上黒漆の文字が剝がれないよう、気を付けながら箱へ仕舞っていると、仁兵衛が独り言めいた口調で呟いた。

「剝げた文字を書き直そうとも、思ったんですけれどね。なんだか、楽し気な筆運びだったので、手が出せませんでした。木地はひとつひとつ丁寧に切り出され、仕上げがしてあってねぇ。こんな風に楽しく、丁寧に作られた駒で指す将棋は、さぞかし楽しかったんでしょうね」

やはり、この男は道具を通して触れる「人の悲喜こもごも」「心の有り様」に魅せられて古道具屋をやっているのだ。

人が好きとは、なんとも変わり者で奇特な男である。

柚之助は、少し迷ったが今度は、しっかり答えた。

「ええ、とても楽しいへぼ将棋だったようです」

この日一番、楽し気な声で、「廣丸屋」の主が笑った。

両のお蔭で駒が見つかったから、両にも見せたい。

そんな風に思っていたら、昨日来たばかりなのに、夕暮れ前に両がぶらりとやってきた。

ちょうどさよも、猫探しの仕事から戻っていて、菊ばあと柚之助、四人で古ぼけた駒の箱を開けた。

「文字が、剝げてるじゃない」

開口一番、言ったのはさよである。膝には、甘えん坊のつくねがちょこんと乗っかり、人の真似をして、駒を眺めている。

悪戯を仕掛けてこないのは、この駒が「売り物」だと分かっているのだろう。

猫達の中で一番の古株、師匠の躾は、まったく有難い。

「わいわい騒ぎながら指すへぼ将棋なら、これくらいがいいんだよ」

とは、菊ばあの言だ。

しんみりとした声で、両が呟く。

「味のある、いい駒じゃあねぇか。丁寧に切り出して仕上げた木地に、はげちょろけで、ところどころ筆も震えてる福々しい文字、そのちぐはぐさが、なんともいい」

ふうん、とさよが気のない相槌を打った。

両の言う「味」が分かるには、さよはまだ幼すぎるのだろう。

真剣な目で、さよが柚之助を見た。

「これが、『丁子屋』の坊ちゃんに売る駒なの。これなら、坊ちゃんのおじいさん、また将棋を指すようになるの」

「この駒だと、すぐには難しいだろうね」

放り投げるように告げた柚之助を、さよが睨んだ。

「じゃあ、わざわざ探して手に入れたのは、何のため。また、ゆずさんの可笑しな道楽」

鋭く訊かれ、柚之助は耳の後ろを掻いた。

「道楽か、と訊かれると、そうです、ということになるかなあ」

さよが、眦《まなじり》を鋭く決したので、慌てて言い添える。

「古道具の商い自体が、私の道楽だ、ということだよ。この駒を八十吉さんが手に取って将棋を指すまでには、きっと時が掛かる。でも、かわいい孫と将棋を指そう、行き来がなくなった娘と話をしてみよう、そんな気になって貰える切っ掛けには、欠かせない」

両が、静かに切り出す。

「古道具屋への使いをした子に、話を聞いた。この駒の持ち主はな、大事そうに駒の入った箱を撫でてる割に、今にも川へ放り投げそうだったんだとよ。川に捨てたら、取り返しがつかない。きっと後で哀しくなる。せめて古道具屋へ売ったらいいのに。そう思ったそうだ。その駒だって、大事にしてもらってきたのに、捨てられたら哀しいだろう。だから、駒も目の前の小父さんも助けなきゃ。そう思ったそうだぜ」

この店を手伝って欲しいほど、よくできた子じゃないか。

柚之助は、掛け値なしで感心したが、「廣丸堂」の仁兵衛もきっと目をつけているだろう。

ふうん、と、またさよが気の抜けた返事をした。同じような気のない口調で、ぽつりと呟く。

「早く、そうなるといいわね」

そうだね、と柚之助も軽い口調で応じてから、思案をした。

「こちらが届けに行くより、坊ちゃんに来て頂く方がいいだろうね。大事《おおごと》にして、八十吉さんが頑なになっちゃあ厄介だ」

信次郎の二親、取り分け母親、つまり八十吉の娘が首を突っ込んできて、「父娘《おやこ》喧嘩再び」となってしまったら、目も当てられない。

途中からは、自分の腹の裡のみで呟いていると、さよがつくねを両の膝に預けて、しゃきっと立ち上がった。

「じゃあ、『丁子屋』の坊ちゃんに、お望みの駒が手に入りましたから、お越しくださいって、伝えてくる」

そのまま駆け出して行った背中を見送りながら、両が、ぽつりと零した。

「手前ぇの仕事より、張り切ってるな」

柚之助も、顔を輝かせていたさよを思い出し、小さく笑った。

猫に関して、そして「猫探し」の仕事に関して、さよは込み入った思いがある。

無事に見つかる子ばかりではない。

ほんのはずみでいなくなってしまった、餌をやっていた猫がこなくなった、と掛け値なしで案じている客は、無事に見つけて返してやれば、喜ぶだろう。

だが、本当に頼んだ猫なのか、その辺のを適当に拾ってきて銭を盗ろうというのではないか、と疑う客もいる。

やせ細り、汚れた猫を見て要らないという客もいる。

悪意はないにせよ、嫌がることばかりして、猫が逃げ出した家もある。

そんな家に、さよは本心ではせっかく見つけた猫を、返したくはない筈だ。

それでも「猫探し屋」を続けているのは、生きるためだと、さよは言う。

何のとりえもない自分が稼ぐ手立ては、他にないのだ、と。

だが柚之助は知っている。さよの本音は何より猫を、助けたいから。

野良でたくましく生きていける猫達《こ》ばかりではないことを、さよはよく分かっている。そういう猫には、人の助けが要る。

色々なものを、まだ幼さの残る胸に収めて、さよは猫を客へ届けに行くのだ。

対して信次郎なら、この知らせを間違いなく喜んでくれることも、信次郎と八十吉の助けになることも、分かっている。

だから、さよは張り切っているのだ。柚之助は思っていた。

菊ばあが、しれっと応じる。

「そりゃ、決まってるだろう。大好きなゆずの役に立てるのが嬉しいんだろうさ」

柚之助は、派手にむせ返った。

「あの、これは――」

さよに急かされ、息を切らし、目を輝かせて「おもかげ屋」へやってきた信次郎は、戸惑いも露わに、柚之助を見た。

そりゃあ、腑に落ちないよなあ。

他人事のように、思う。

柚之助が信次郎に勧めたのは、楓の木地に黒漆の書駒、「竹」だからだ。

さよが嚙みついてくるかと思ったが、怖い目で柚之助を見据えているだけで、何も言わない。それは、先刻のやり取りがあるから、辛抱してくれているのだろう。

――勿論、いい考えがあるのよね。

そんな、静かな脅しがなんとも恐ろしいけれど。

信次郎は、何か言ってくれないか、という目でさよを見ていたが、やがておずおずと、自ら柚之助に訊ねた。

「この駒は、売って頂けないというお話ではなかったでしょうか」

「はい」

「それを、今度は買えとおっしゃる。おさよちゃんからは、私にお売り下さる駒が手に入ったと伺ったのですが」

「八十吉さんに、会ってきました」

不意に変わった話に、信次郎の戸惑いが深くなったようだ。柚之助は、構わず続けた。

「頑固だと伺っていたので、門前払いも覚悟していたのですが、話が弾みましてね」

信次郎の顔が、ほんの少し明るくなった。

「昨日、祖父が『客が置いてった』と、朝飯に『蜆の醤油煮』を出してくれました。ひょっとして、あれは柚之助さんが」

「ええ。自分は食べないから、長屋の人達に差し上げると言ってましたけど。そうですか、信次郎さんに。これは、脈ありですね」

自分は食べない、とわざわざ信次郎に見せつけた。それはきっと、「食べたい」「食べる切っ掛けが欲しい」の裏返しだ。

包みから漏れる好物の甘辛い匂いに、八十吉はさぞ一晩、悩まされただろう。

「信次郎さん」

柚之助は、八十吉の孫に向き合った。しゃん、と信次郎が背筋を伸ばし、「はい」と返事をした。

その顔は、歳よりも少し大人びていた。

「八十吉さんが将棋を止めたことと、好物を口にしなかったこと。繋がっていましたよ」

「え」

信次郎が驚いたように、小さな声を上げた。

「これは、私の勝手な見立てですが」と前置きをして、八十吉と亡くなった治助の付き合い、八十吉がどんな思いで将棋を止めたのか、好物を未だ断っているのかを、柚之助は伝えた。

信次郎は、黙って聞いていた。途中から顔を隠すように項垂れ、時折、手の甲で目を擦った。柚之助が話を終えても、長いこと口を開かなかった。

三度、話しかけようとしたさよを目と身振りで止めた時、ようやく顔を伏せたまま、信次郎の口から、言葉が零れた。

「祖父は、それほど、大切なおひとを失くしてしまったんですね。そんな大切なおひとと過ごした長屋を出ろだなんて。どれほど哀しかったか。なのに、両親も私も、頑固者だと呆れ交じりに話していた」

柚之助は笑った。

「『頑固者』は、間違っちゃいない。こんな風に意地を張るのは、頑固者でしかできませんよ」

のろのろと顔を上げた信次郎は、目を赤くしていた。

「私と将棋をしよう。その誘いは、祖父にとって、辛いものだったのでしょうか」

「まあ、込み入ってるでしょうね。でもこのまま、戻ってこない治助さんを待ち続ける訳にもいかない」

きらりと、さよの目が物騒な光を放った。

——もっと、優しい言い方はないの。

そう責めているのは、充分柚之助に伝わっている。

だから、怖いったら、おさよちゃん。

さよだって人嫌いなのに、なぜこの坊ちゃんの世話を焼こうとするのか。ひょっとして、本当に家に帰れなくなった迷子の猫に見えているのだろうか。

ふと考えてみて、妙に得心がいった。

始まりは「猫」でもいい。そのうち、猫と人でもさして変わらないと、安堵するかもしれない。そうなれば、人を信じることができるかもしれない。

さよは、まだ間に合う。

自分のような人でなしになる前に、人の暮らしに還った方がいい。

そんなことを想いながら、さよの視線の求めに応じて、柚之助は言葉を足すことにした。

「私は、弔いも、供養も、むしろ残された者の為にあると、思っています」

信次郎も、さよも、目を丸くした。そんなことは思ってもみなかった、という顔だ。柚之助が続ける。

「この浮世で生き続けなければいけないのは、残された方ですからね。弔いをし、供養をすることで、未練を残さないようにするのは、亡くなった方《かた》だけではない、残された方《ほう》も、同じこと。とりわけ残された方は、辛いことも多い浮世に居続けなければならないのですから、いつまでもあの世へ去ってしまった人に心を残していては、前に進めない。そしてそれは、八十吉さんもよく分かっている筈です。亀の甲より年の劫、と言いますから」

すかさず、さよから、

「一言余計よ」

と、お叱りが飛んできた。

柚之助は、軽く肩を竦めてから、信次郎に向き直る。

「治助さんとのことはいい思い出にして、前を向いて日々を暮らすきっかけを、坊ちゃんが作って差し上げる。そう考えたらどうでしょうか。将棋に誘うことでもいい。好物の蜆の醤油煮をまた、食べるように促すことでもいい。いっそ、両方一遍にやっちゃいましょう。その方が、面倒じゃない」

信次郎の瞳が、揺れている。

「そんなこと、私にできるんでしょうか」

「お孫さんの坊ちゃんにしか、できないでしょうね」

ちょっと待って、と割り込んだのは、さよだ。

「ゆずさんの言いたいことは、分かった。でも、どうしてこの駒なの。八十吉さんと治助さんが作った駒はどうしたの」

「すぐに、あの駒で治助さんじゃない人と将棋を指せってのは、さすがに酷ってもんでしょう。ただ、この駒も込みなら、頑固者の八十吉さんをその気にさせることも、できるかな、と」

柚之助がにっこり笑うと、さよと信次郎が顔を見合わせた。


柚之助は、信次郎を連れて「油長屋」の八十吉を訪ねた。

八十吉の部屋の前で、誰かが息を殺し、耳をそばだてている気配がする。微かな囁き声も、時折聞こえてくる。

きっと、「土の鈴の三女房」だろう。

孫の信次郎が二日に一度、八十吉を訪ねてくるのは、いつものことだ。だが、信次郎は何やら思いつめた顔で、肩には相当力が入っている。しかも、先だっての古道具屋も連れている。

一体何が始まるのか、気になっているのだ。一番の年上、達磨女房辺りは、治助を失くした八十吉を悲しませるのではないかと、気を揉んでいるかもしれない。

愛想よく、信次郎と柚之助を部屋へ招き入れた八十吉は、いつもとは違う佇まいの孫を眺め、笑った。

「どうした、妙にしゃっちょこばって」

さっと信次郎は居住まいを正し、八十吉に視線を合わせた。

「じいちゃん。頼みがあります」

「何でぇ。鰻《うなぎ》でも食いたいか」

八十吉の茶化し方が、ぎこちない。柚之助と共に訪ねてきたのだ、将棋の駒に関わることだと、とうに察しているのだろう。

「私と、賭け将棋をしてもらえませんか」

刹那、八十吉の頬が強張った。すぐに、「はっ」と、侮ったような笑いが上がった。

「お前ぇに賭け事なんかさせたら、お前ぇの二親に、俺が恨まれちまう」

娘夫婦と言わない祖父を見て、孫が柚之助の傍らで、哀し気に瞳を揺らした。

信次郎さん、ここが踏ん張りどころですよ。

声にならない後押しが伝わったか、信次郎は柚之助と打ち合わせた通り、八十吉を煽った。

「じいちゃん、私に負けるのが怖いんですか」

ふん、と鼻から息を吐き出し、口の端の片方を軽く持ち上げた様子は、なかなか堂に入っている。

「なんだと」

八十吉の声に、微かな苛立ち、怒りが混じった。それでも信次郎は怯まない。

八十吉は、頑固で負けず嫌いだ。だから、しょっちゅう治助と将棋の勝ち負け、待った、待たないで喧嘩をしていた。とても楽しそうに。

八十吉の怒りは、信次郎ではなく、柚之助へ向いた。

「お前ぇさんかい。うちの孫に、こんな下らねぇことを言わせたのは」

柚之助は、笑った。

八十吉の負けず嫌いな気性を突《つつ》こうと言うのではない。

祖父の「負けず嫌い」を承知で煽った孫の「本気」を示したかったのだ。

柚之助は、静かに応じた。

「私の考えではありますが、それを受け入れて下すったのは、信次郎さんですよ。

八十吉さんによく似て、頑固な上に、とても敏くておいでだ。ご自身で得心しなければ、私の考えに乗っては下さらないでしょう」

「その通りです」

力み切った声で、信次郎が告げる。

ふう、と八十吉が、溜息を吐いた。困った、という風に、額をぼりぼりと掻いている。

「まずその、可笑しな物言いを止めろ。いつも通りに話してくれ」

八十吉の求めに、ほんの少し、信次郎の肩から力が抜けた。

「う、うん。分かった、じいちゃん」

よし、という風に頷き、八十吉は信次郎に向かった。

「お前ぇの腹の据わり方に免じて、訊くだけ訊いてやる。一体、何を賭けようってんだ」

ごくり、と信次郎が生唾を呑み込んだ。

柚之助は、前もって信次郎に言い含めていた。

――決して、私に確かめるような視線を向けないようにしてください。私の策だということとは、恐らく八十吉さんはお見通しでしょう。それでも、信次郎さん自身が決めて、そうするのだ、という揺らがない決心を、おじいさんに見せなければいけません。

柚之助の言う通り、これから肝心な話を切り出そうとしている信次郎だが、こちらを見る気配はない。

軽く唇を湿らせ、信次郎は口を開いた。

「おお、お互いの、好物を」

初めの「お」がひっくり返ったのは、御愛嬌だ。

再び、八十吉が柚之助を見たが、すぐに目を逸らし、孫に向き直る。

「そいつは駄目だ。育ち盛りの息子の好物を断たせたりしたら、母親に恨まれちまう」

そう言われるのは、織り込み済だ。八十吉は信次郎を可愛がっている。好物断ちなぞ、させる訳がない。

信次郎が、柚之助の策通り、じゃあ、と切り出す。

「私は違う物を賭けるから、じいちゃんは『蜆の醤油煮』を賭けてくれ」

「あ、あれは」

八十吉の声が、硬い。目の奥が悲し気に揺れている。

「あれは、他の奴との賭けで取られたから、お前ぇの賭けにゃあ、使えねぇ」

「その賭けの相手から、取り戻せばいいじゃないか」

「おい、信次郎。お前ぇ、一体何を――」

「私の将棋の師匠で、この賭け将棋の後見だよ」

言いながら、信次郎は、持ってきた包みの風呂敷を解き、八十吉の方へ軽く押し出した。

「こいつは」

見慣れているであろう、二度と目にすることはないと思っていただろう箱。八十吉の声が、掠れた。

信次郎が、そっと蓋を開けた。

中には、八十吉と治助の駒が、ざらりと無造作に詰まっていた。二人でしょっちゅう将棋を指していた時と、多分同じように。

「柚之助さんが、買い戻してくれた」

信次郎の言葉に、八十吉の驚いた目が柚之助を見た。

「どこの古道具屋へ売ったか、売った俺さえ分からないのに、一体どうやって」

「たまたま、知り合いの伝手で」

笑顔で答えた柚之助を、八十吉はまじまじと眺めた後、ぎこちなく笑った。

「おっかねぇ古道具屋だな。お前ぇさん」

八十吉の言う「おっかねぇ」は、古道具屋の腕前を褒めた言葉だと分かっていて、柚之助は、敢えて心中で混ぜ返した。

おっかねぇのは、その「知り合い」の方なんですけどね。

信次郎が、再び口を開いた。

「私の後見は、治助さんだよ。だから、『蜆の醤油煮』取り戻せるだろう。そうして、私が賭けるのは、この駒だ。じいちゃんが、治助さんと作った、この駒。私が『おもかげ屋』さんから買ったんだ」

八十吉は、治助と作った駒を、見つめた。そうして、無理に視線を剥がすようにして、孫を見据え、放るように告げた。

「俺ぁ、もう将棋は指さねぇ」

「じいちゃん、頼むよ」

信次郎が訴える。八十吉が、黙って明後日の方を向いた。

仕方がないな。

柚之助は、短い息を吐いて、助け舟を出した。

「八十吉さんが、信次郎さんと賭け将棋をしないのであれば、この駒は信次郎さんにとって無用の長物となります。信次郎さんには、もう一組、気兼ねなく使える駒をお買い上げ頂きましたので。この駒はこれから先、誰にも使って貰えず、納戸の片隅で埃をかぶり続ける。そんな可哀想な仕打ちは出来ませんから、私が買い戻して、どなたかにお売りすることになるでしょう」

「おお、そうしてくれ」

やせ我慢が、手に取るように分かる返事だ。

柚之助は、飛び切り軽い調子で、ひとりごちた。

「そうなると、この味のある文字は、消えてしまうことになる」

弾かれたように、八十吉が柚之助を見た。顔が青ざめている。

「だって、そうでしょう。どなたの手にこの駒が渡るか、分かりませんが、槙の柾目の木地に対して、文字は、味があるものの、いかにもしろうとさんの手によるものだ。それに、ところどころ剝げかけている。上から書き足すか、文字を綺麗に消して、新たに書き直す――」

「分かった――っ」

八十吉が、喚いた。ぎり、と柚之助をひと睨みしてから、信次郎へ向き直る。

「治助の文字を、消させる訳にゃあいかねぇ。信次郎、手加減なしでやるからな」

信次郎の顔が、明るく輝いた。

「うんっ」

腰高障子の向こう、鈴の女房達の笑い声が聞こえた。

『手加減なし、だってさぁ』

『よく言うよ』

『治助さんと二人、へぼ将棋だった癖にねぇ』

八十吉を訪ねた次の日の午前《ひるまえ》、信次郎が「おもかげ屋」へやってきた。

丁度店にいたさよと二人、猫達が思い思いに寛ぐ、物置を兼ねた柚之助の仕事部屋で、話を聞く。

この部屋を「仕事部屋」と呼ぶのは柚之助のみで、菊ばあやさよは勿論、両も左右田も「物置」と呼んで憚らない。さすがに、柚之助も「仕事部屋だ」と言い張るのも気まずくて、たまに、「物置を兼ねた仕事部屋」と呼んでいる。

「昨日は、残念でしたね」

信次郎が、ばつが悪そうに笑う。

「やっと、将棋の決まり事を覚えたばかりの私が、祖父に勝てる訳がありません」

へぼ将棋でも、一日の長という奴か。

さよが、つけつけと言った。

「でも、坊ちゃんがあっさり負けることを見越しての、柚之助さんの悪巧みだったんでしょう」

色々、言葉の選び方が拙い気がするが、さよの言う通りだ。

信次郎が、屈託ない笑みで頷いた。

「今日は、祖父の家には行かない日なんですが、将棋を教えてくれるそうなので」

信次郎との賭け将棋で、好物の「蜆の醬油煮」と「将棋の駒」を取り戻した八十吉は、憑き物が落ちたような顔をしていた。

信次郎の話では、柚之助が帰った後、八十吉は治助と作った駒と差し向かいで、酒を呑んだそうだ。

――治助。お前ぇ、本当にあの世へ行っちまったんだなあ。

そう言っては、盃を空ける。

穏やかな語り掛けは、入れ替わり立ち替わり、酒の肴や、菜を持ってきてくれた長屋の女房達の涙を誘ったのだという。

すっかり日が暮れてしまったからと、八十吉が信次郎を家まで送った。

疎遠だった娘夫婦と、ぎこちないながらも挨拶を交わし、話をした。

住み慣れた今の長屋を離れるつもりはないこと。だが、信次郎は今まで通り顔を見せに来て欲しいことを伝えたうえで、八十吉が、明後日の方を向き、ついでのように言ったそうだ。

――盆暮れ、正月くれぇは、こっちで過ごしてやってもいい。

ふふふ、と、信次郎は、楽し気な思い出し笑いを零した。

さよが、呆れ顔で信次郎を促す。

「おじいさん、待ってるんじゃないの。早く行ってあげたら」

「ああ、そうだ。急がなきゃ」

信次郎は慌てた様子で言ってから、手にしていた二つの包みのひとつを、柚之助に差し出した。

「これ、皆さんで。母がつくった『蜆の醤油煮』です。その、柚之助さんのほど、美味しくないかもしれませんが」

柚之助は、笑って答えた。

「美味しく頂きますよ。ねぇ、おさよちゃん」

「そうね」

信次郎が、こくりと頷き、自分の手に残ったもうひとつの包みを見た。

「じいちゃんも、食べてくれるといいなあ」

さよが、ぶっきらぼうに信次郎を急かす。

「食べてくれるに決まってるでしょ。賭けに勝ったんだもの。早く行きなさいったら」

嬉しそうに、「それじゃ」と立ち上がった信次郎へ、さよはひらひらと手を振る。

すっかり、信次郎の気配が消えてから、小さな声で呟いた。

「よかったね、坊ちゃん。みんな仲直りできて」

少し切なく、少し温かい呟きに、猫の師匠が、びゃあ、と掠れた返事をした。

四話　年寄り猫と長火鉢

梅雨寒《つゆざむ》が続いていたせいか、猫の師匠が風邪を引いた。

鼻水と目やに、時折、へぶし、と、まるで人のような、堂に入ったくしゃみをする。

その姿はどこか微笑ましいものの、おばあちゃん猫なので、どうしても心配の方が勝つ。当猫《とうにん》も辛いだろうし、他の猫達に伝染《うつ》っても大変だ。

そこで、晴れ間が戻った朝、いつもの物置を兼ねた柚之助の仕事部屋から柚之助と菊ばあの寝間に、寝床の長火鉢ごと、師匠の引っ越しをした。

師匠はおばあちゃん猫だが、他の猫達の面倒を見てくれるし、気が向けば鼠も捕る。

新入りも、師匠が受け入れてくれれば、他の猫もそれに続く。

悪さをしたり、派手な喧嘩をしたりすると、すかさず師匠の「お叱り」が飛ぶ。

きっと、仕事部屋の古道具を、猫達に一度も壊されていないのは、師匠の「教え」のお蔭だ。ここは丁重に奥向きへお越しいただき、静かな場所で元気になって頂くことになった、という訳だ。

師匠のお気に入りは、いつも寛いでいる長火鉢だ。

他の猫が長火鉢に入ってきても、追い出すことはしないけれど、師匠自身はこの長火鉢でないと寛がないし、眠らない。師匠にとって一番大切なものは、さよよりも、飯をくれる柚之助よりも、この長火鉢だと、柚之助は思っている。

師匠は、「おもかげ屋」に居ついた初めての猫で、さよが「猫探し屋」を始める切っ掛けになった猫でもある。

さよの師匠に対する思い入れは一入《ひとしお》で、師匠の様子が心配だと言って、寝間に居座り、なかなか仕事に出て行かない。

確か、掛け持ちで「猫探し」を請け負っていたのではなかったか。

柚之助は、店を開けるより早くやってきた両と顔を見合わせた。

ここで、早く仕事に行けと促すのは、酷だろうか。

男二人が迷っていると、呆れた声で、菊ばあが促した。

「猫の風邪は、温かくして、力のつくもん食べさせてやるしかないよ。あとは、師匠が自分で治すんだ。師匠の世話くらい、あたしとゆずでやっとくから、とっとと、仕事へお行き」

「う、ん」

まだ後ろ髪を引かれている様子のさよは、歯切れの悪い返事をしたきり、動く気配がない。

「いいのかい。ここで愚図愚図しているうちに、探してる猫が、犬に追いかけられたり、鴉に突かれたり、溝に嵌って――」

菊ばあの脅し文句が終わるより早く、さよがぴょん、と立ち上がった。

「菊ばあ、行ってくる」

眼には、「あたしが、いなくなった猫を一刻も早く助けなきゃ」という、決心がらんらんと輝いていた。

菊ばあが、にっこりと笑ってさよを促した。

「しっかり、お働き」

「はぁい」

元気に返事をすると、さよは再び、長火鉢の側にしゃがみ、そっと、師匠の頭を撫でた。

億劫そうに、びゃ、と鳴いた後、師匠は、また人のようなくしゃみをした。

さよが、思い切るように勢いよく首を横に振り、長火鉢の縁を指でなぞった。

「長火鉢さん。師匠をお願いね」

小さな声で呟き、さよは寝間を出て、店先へ向かった。猫達の顔を見てから出かけるつもりだろう。

両は心配そうな目で、華奢な背中を見送っていたが、その視線を菊ばあへこっそり移し、ぼそりと呟いた。

「容赦ねぇなあ、おばば様は」

すかさず、

「何《なん》か、言ったかい」

と、低く問われ、両が首を竦める。

菊ばあが、溜息交じりで呟いた。

「あの子も、そろそろ『師匠離れ』しないとねぇ」

柚之助も、師匠の目やにを取ってやりながら、そっと溜息を吐いた。

さよは、師匠を拠り所にしている。

母や姉のように、自らの師匠のように。

師匠との別離《わかれ》は、いずれやってくる。

これまで、決して少なくはない猫の命を見送ってきたさよだが、師匠との別離は、受け入れられるのだろうか。

ふと、将棋仲間の死を受け入れられずにいた、元大工の八十吉の姿が浮かんだ。

「心配いらねぇよ」

両が、穏やかな声で告げた。

「あの子は、強い。ちゃんと、師匠を見送ることができる」

きらりと、菊ばあの目が光った。

「縁起でもないことを、言わないどくれ、両。これくらいの風邪、師匠にゃあどうってことない」

両が、はっとした後、身体を縮めて菊ばあに「面目ねぇ」と詫び、師匠にも同じように頭を下げた。

初めに言い出したのは、菊ばあの癖に。

柚之助は、笑いを堪えて立ち上がった。

「師匠の飯を作ってきます。二人もついでに、食べますか」

すかさず菊ばあが、「小腹が空いてたとこなんだよ」と応じると、両も続いた。

「師匠の飯か。ありゃあ、なかなかいけるんだ」

師匠の食が細くなったり、風邪を引いたりした時に、柚之助が必ず作る飯は、人間にも評判がいい。

はいはい、と苦笑交じりに答え、柚之助は勝手へ向かった。

粥に薄い塩味をつけ、しっかりとったかつおだしと、「太田屋」からせしめた上等の煮干しを細かく砕いた粉を掛ければ、出来上がりだ。人間にはこのまま、師匠にはよく混ぜて冷ましてから、出す。

支度をしながら、柚之助と出逢った頃のさよと師匠を、ふと思い出した。

どちらも、やせっぽちで、体も心も傷だらけで。

柚之助は、さよをひと目見て、思った。

邪険に扱われている、漆の文箱だ。

出どころはいいのに、手入れをしてもらえなかったから、どこもかしこもくすんでいる。

文箱の中は、空っぽ。いや、かつて大切に使われていた頃の名残、墨のひと欠片、上等な筆の一本程は、入っているだろうか。

今は、邪険にされた時のくすみは残っているものの、文箱の中身は少しずつ増えてきたようだ。

中身のほとんどが、猫だけれど。

大きな文箱に、猫がみっちり詰まっている様を思い浮かべ、くすり、と笑った時、店の方から、女の甲高い声が聞こえた。

胸騒ぎがして、飯作りの手を止め、店へ向かう。

気遣わし気な両も、やってきた。

か細い声が、何やら言い返している。さよだ。

まだ、出かけていなかったのか。

両が、小さな声で訊ねた。

「ゆず坊、俺の助けは要るかい」

少し考えて、柚之助は小さく頷いた。

「大丈夫、と言いたいところですが、相手が相手ですから、おさよちゃんが気がかりです」

「分かった」

短く応えた両と共に急ぐ。物置では、猫達がそれぞれの居場所から、声のする店先へ目を向けていた。人間嫌いの「ひげ」が、店先から一番遠い長持の陰で、身体を膨らませ、耳を伏せて、うう、と唸っている。

『ですから、あの長火鉢は、売り物じゃ――』

『たかが間借り人の小娘が、口を出すんじゃないよっ。いいから、この店の主をお出しっ』

癇に障る女の声に舌打ちをし、柚之助は店へ出た。

「おさよちゃん、店番ご苦労様」

客を気取っている女ではなく、さよに声を掛けると、さよは弾かれたように振り向いた。

血の気を失くした顔。

円らな瞳に涙の気配さえないことが、かえって追い込まれているのだと、柚之助に訴えてくる。

薄い肩が、握りしめた拳が、小刻みに震えている。

柚之助と両の姿に、ほんの少しほっとしたように息を吐いたのが、せめてもだ。

無理もない。相手は、さよが取り分け苦手にしている人間――甲高い声で喚き立てる、年増女である。

柚之助は、さよに近づき、その背中を物置の入り口で立っている両の方へ、そっと押し出した。

大丈夫。足取りはしっかりしている。

さよを両に任せてから、柚之助は店の三和土《たたき》に立っている女へ、目を向けた。

年の頃は、四十ほど。贅沢な小袖や簪、帯を見るに、金は持っているのだろう。性根の悪さが顔に出ていなければ、そこそこの器量よし。

客あしらいが上手いようには見えないから、大店の内儀や客商売の女将ではなさそうだ。

金貸しか習い事の師匠、あるいは金持ち商人の妾、といったところか。

「何か、御用で」

冷ややかに訊くと、女のこめかみが、ぴくりと引き攣った。それから、侮りを隠さない視線で、柚之助の頭の天辺から足の先まで、視線で行き帰りを二度繰り返す。

それから、ふん、と小馬鹿にした音で鼻を鳴らし、言い捨てる。

「主をお出し」

柚之助は、うーん、とのんびり唸った。

「なんで、不躾な客人の為に主を呼ばなきゃならないんだ、と言いたいところですが。生憎、もう来ちゃってるので、仕方ありませんねぇ」

女は、ちらりと値踏みするように、奥の両を見た。柚之助も視線を送ると、両は背中にさよを隠しつつ、「通りすがりの堅気です」という顔をして、首を横へ振った。

この地廻、ちょっとした芝居が巧い。

柚之助が女へ視線を戻すと、女は苛立った顔で、「なんの話だい。あたしは主を出せって言ってるんだ」

ふう、と柚之助は、女の苛立ちを煽るように、のんびりした溜息を吐いた。

「分かりませんか。お頭《つむ》の巡りが、あまりよくないなぁ」

かっと、女の顔に怒りの朱が灯ったが、にやにやと人の悪い笑みを浮かべる柚之助を見て、ようやく気付いたようだ。

左目を眇めて、訊ねる。

「まさか、お前さんが主」

柚之助は、一転、にっこりと笑った。

女の顔から、怒りが消えた。

「そう、お前さんが主」

ねっとりとした口調が薄気味悪い。

柚之助が主だと知って驚く客は、大抵、若造がと侮る。

たまに女客から、こういう鬱陶しい媚《こび》が混じった視線を向けられることもあるが、どちらも慣れっこだ。

「それで、御用は」

柚之助が、再び訊くと、思い出したように女が顔を引き締めた。

「長火鉢、売っとくれ。言い値でいいよ」

「長火鉢と言っても、色々ございますが」

じれたように、女は声を荒らげた。

「今朝、その奥の散らかった物置から、どっかへ持ってった、あの長火鉢だよ」

女の熱の籠った目に、柚之助は察した。

惚れたな。

心の内を綺麗に消し、惚ける。

「さて、そんなものが、ありましたか」

「あたしは、ちゃんと見てたんだ。その奥から、お前さんと、そこの男前の兄さんが、店から外へ持ち出してたじゃあないか」

師匠の長火鉢は、大振りだ。手伝いを申し出てくれた両と二人で寝間へ運ぶ時、奥向きよりも店との入り口の方がほんの少し近かった。柚之助と猫達は心配ないが、両が他の道具を踏んづけたり蹴飛ばしたり、するかもしれない。物置を行く歩数は、少ないに越したことはないと、店から一度外へ出て、勝手口から入れなおしたのだ。

それを、見られたらしい。

長火鉢は、指物師の技物で、木目の美しい欅に漆で艶を出してある。外組にも、灰入れの下と脇に作りつけられた引き出しにも、寸分の狂いもない。

引き出しの錺《かざり》金物は、華やかな菊をあしらい、灰入れの蓋と、その脇の天板は、白地に藍染の陶器がはめ込まれていて、大層珍しい。図柄は、どちらも松だ。

この女が惚れるのも、無理はない。お大名の持ち物だと言っても、通じる逸品である。

年老いた猫の住まいになっていると好事家が知れば、ひっくり返るだろう。

熱っぽい目をして、女は訴えた。

「あたしは、どうでもあれが欲しいんだよ」

何か言おうと身を乗り出したさよを、両が止めているのが、目の端に映った。

そう、たとえいくら金を積まれても、どんなに惚れられても、あの長火鉢は、売れないのだ。

柚之助は、嫣然と微笑んだ。

うちのさよと師匠が、あれをどれ程大切にしていると、思っているんです。

＊＊＊

さよは、両国広小路に暖簾を出す呉服問屋の一人娘だった。

母も一人娘で、二親は婿を取り、店を継がせた。

とはいえ、さよの二親で四代を数える大店のため、肝心の手綱は、先代の舅が握ったままだった。

その息苦しさからか、内儀と自らの子を慈しむことができなかったか。あるいは、自分を蔑ろにした者達への当てつけか。

婿の足は吉原へ向き、店を顧みなくなり、そして馴染みの遊女と心中をした。

さよが、八歳《やっつ》の時だった。

噂は、あっという間に広まった。

心中者への、公儀の仕置きは厳しい。

どちらも亡くなっていてよかった、と囁かれるほどに。だから、身内から心中者が出るのは、大きな恥で傷となる。

先代は商い上手であったので、婿を悪者にして憐れみを買い、店の評判と客足を保った。

とはいえ、店の看板に泥を塗られ、大切な一人娘に「婿に顧みられなかった妻」という恥辱を与えられたことに、変わりはない。

先代――祖父は根深い怒りを、身の内に抱えた。

一人娘――母は、哀しみと憎しみで、心を病んだ。

二人の矛先は、婿――父の血を引いた娘、さよに向かった。

祖父は、さよに「決して家から出るな」と、告げた。

どうして、と訊くと、祖父は言った。

お前は、この家の恥だ。だから、外に恥を晒すな、と。

その後は頑なに、さよを「いない者」として扱った。

こっそり外へ出ようとしたり、大きな声で笑ったりしたさよを叱る時も、さよのことは一瞥もせず、さよの世話をしている女中を、厳しく叱った。

主二人が、そんな風だから、奉公人達がさよを見る目も冷ややかで、主の娘を平気でぞんざいに扱った。

父が死んですぐ、祖父がさよに宛がったのは、小さな縁側と坪庭が付いている、四畳半の北の部屋だった。滅多に掃除もして貰えなかったので、自分で綺麗にした。勝手に掃除道具を借り、勝手に掃除をする分には、誰も何も言わなかった。

小さくても北向きでも、庭と縁側がある畳の部屋を、さよひとりに与えてくれたのは、さよを想ってのことではなく、さよを目にするのが、祖父は嫌だったのだろう。その部屋は、居間や祖父の寝間から、一番遠かったから。

女中を通して、祖父に「用がない限り、部屋から出ないように」と言い渡されたので、きっとそうだ。

身ぎれいにはしてもらっていたが、食事は部屋でひとりきり、摂らされた。丸一日何も与えられないこともあった。

そういう日は、皆が寝静まった夜更け、こっそり、勝手の茶簞笥にある食べ物を食べた。さよの食事がない日は必ず､小さな握り飯と菜が､茶簞笥の中に隠してあったのだ。

後になって考えると、冷ややかだったはずの奉公人にも、さよを気遣ってくれている者がいて、こっそり支度をしておいてくれたのに違いなかった。

つまり、誰かがさよの食事を忘れたのではなく、わざと与えなかった、ということには、なるのだが。それが祖父の指図なのか、奉公人の嫌がらせなのかは、分からなかった。

何より辛かったのは、母の仕打ちだった。

心を病んだ母は、気まぐれに部屋へやってきて、さよを可愛がった。

娘としてではなく、「姉様人形」として。

そうして、「姉様人形遊び」をしている最中に、決まって母は豹変する。

——その目、口許、鼻筋っ。あのひとに瓜二つだ。忌々しい、口惜しい、恋しい。

そう叫びながら、頬を打ち、髪を引っ張り、首を絞めた。

奉公人は、見て見ぬ振りだ。祖父は、繰り返し打たれた頬の痛みが痺れて分からなくなってきた頃に、ようやく止めに入る。

死なせては、いけない、と。

死ぬ少し手前までなら、何をしてもいいということか。

さよは、動きの鈍くなった心で、察した。

父が心中をして暫く、辛い日々を支えたのは、祖父と母に可愛がられていた、幼い頃の思い出だった。だがそれも酷く当たられるうちに、かえって思い出すのも辛くなったので、忘れることにした。

それでも、さよには小さな救いがあった。

幼い頃から「友達」だった三毛猫だ。

初めて会った時は、小さな子猫だった。隣の小間物屋主の母親、ときが飼っていた猫で、名はたま。さよはよく隣に遊びに行っては、ときに干菓子を貰い、たまと遊んだ。

外へ出られなくなってからは、たまが遊びに来てくれた。

少し太り気味の腹を重そうにしながら、さよの部屋の庭にある樹を伝って、足繁く通ってくれた。

遊び仲間だろうか、時折、たまが若い猫を連れてくることもあった。そんな時、猫達との遊びは、とびきり楽しかった。

人間よりも猫の方が、さよにとって親しい存在となった。

十一歳になった春、縁側でこっそりたまと遊んでいたところを、祖父に見つかった。

たまが、殺される。

さよは、泣いて縋った。

その猫は、野良猫じゃない。お隣のおときさんのたまだ。だから、酷いことをしないでくれ。

祖父は般若《はんにゃ》のような顔をして、たまを連れ、出て行った。

それからすぐ、隣の小間物屋と激しく言い合う祖父の声が響いてきたので、さよは耳を塞いで蹲った。

その夜、さよは納戸へ押し込められた。

出して、たまを助けて、と訴えることは、しなかった。

自分が泣いて騒いだ結末が、これだ。お隣に迷惑をかけ、たまの命もどうなったか分からない。

夕飯抜きは思っていた通りだったが、水も貰えなかった。

小さな明かり取りの格子戸から差し込む光が薄暗くなり、やがて真っ暗になって夜が来た。夜中に、そっと戸を開けてみようとしたが、やはり開かなかった。

さよは、納戸の隅に戻った。

たまは、殺されずに済んだだろうか。

お隣と祖父が言い争っていたようだから、きっと、ときにも嫌われたろうし、二度とたまと遊ばせて貰えない。

いや、自分と遊べなくなることは、どうでもいい。

どうか、たまが、無事でいますように。

暗闇の中、ひたすらそれを願っていた。

気づくと、明かり取りから再び光が差し込んでいた。朝が来たのだ。

随分日が高くなっても、水も食べ物も抜かれたままだ。

食べ物はともかく、水を抜かれたのは初めてで、これがかなり辛かった。

さよは、身体を横たえ、丸くなった。

たまが長火鉢の中で、よくそうしていたから。

たまは、長火鉢が大のお気に入りで、冬に火が入れられないと、ときがよくぼやいていた。ぼやきながら嬉しそうだったのは、気持ちよさそうに長火鉢で眠るたまが、とても可愛かったからだろう。

楽しかった、温かった日々を思い出して、鼻の奥がつんとした。

さよは、ぎゅっと目を瞑って、涙を堪えた。

なるべく動かないようにしていれば、腹が減らないことは分かっている。きっと、喉も渇かないだろう。

そして、ときや、たま、他の猫達を思い出すことにした。

優しいとき。可愛い猫達。楽しかったときのおしゃべりに可笑しかった猫の悪戯、ひとつひとつ頭で辿ることで、飢えと渇きを忘れようとした。

うとうとと眠っては、また頭の中で猫達と遊び、また浅い眠りに落ちる。

格子戸からの光で、今がいつなのか考えることも、億劫になった。

頭がぼんやりとしてきて、猫達のことよりも、食べ物と水のことばかり考えるようになった。

一体、納戸に入れられて、どれくらい経ったのだろう。

あたし、死ぬのかな。

あの世へ行ったら、お父っつあんに会うのかな。

あんまり、嬉しくないなあ。

可愛がって貰ったこともないし。

ああ、塩おにぎりが、食べた、い——。

ふう、と、何もかもが遠ざかっていく心地になった時、騒がしい足音と声が聞こえた。

ほどなくして、がちゃがちゃと忙しない音に続き、納戸の戸が開いた。

不意に差し込んだ光が、眩しかった。

大人の男が二人、さよへ駆け寄った。

ひとりは、黒い羽織姿のお侍様、「八丁堀の旦那」だ。もうひとりは、不思議な小父さん。お侍とも、祖父や父のような商人《あきんど》とも、違う。

——もう、大丈夫だぞ。

——辛かったな。

二人の声が、遠い。

ああ、こんなことしたら、お祖父《じい》さん、余計怒るのに。このひと達に迷惑が掛かる――。

考えがまとまったのは、そこまでだった。

気が遠くなる刹那、不思議な小父さんに抱き上げられたのが分かった。

ふわふわした頭と、小父さんの温かい腕が、妙に心地よかった。


目が醒めたら、知らないお屋敷にいた。

さよは、青くなった。

勝手に出歩いては、また祖父が怒る。祖父に叱られた奉公人達に、辛くあたられる。

慌てるさよを、不思議な小父さんと、八丁堀の旦那が宥めた。

さよがここにいることを、誰も怒らないし、さよが叱られることもない。

繰り返し諭され、さよはようやく少し落ち着いた。

「まずは、食いな」

不思議な小父さんが渡してくれた重湯は、薄い塩味が付いていて、本当に美味しかった。

それから、白湯を湯呑に一杯、ゆっくりと呑み干した。

不思議な小父さんが、静かにさよに訊ねた。

「小父さん達のことは、怖くねぇか」

さよは、頷いた。

正直、恐ろしかったけれど、ここで怖いと言ったら、また酷いことをされる。祖父や母がさよにしたように。

だから、嘘を吐いた。

旦那と小父さんは、さよを見て、寂しそうな顔で笑った。

「あの、たまは。お隣のときさんの猫は、どうしてますか」

訊いた声が、ひとりでに震えた。

小父さんが、答えた。

「安心しな。さっき様子を見てきたが、呑気に昼寝してたぜ」

「酷いこと、されてませんでしたか」

「ああ」

小父さんに続いて、旦那が面白そうに告げた。

「嬢ちゃんの祖父さんのことは、相当嫌いになったらしいがな」

体が、震え出した。

祖父、奉公人、そして母。その顔を、手を、自分を見る目を思い出すたび、震えは大きくなっていった。

「旦那」

小父さんが、怖い声で旦那を呼んだ。

「済まねぇ」

旦那が、小さく詫びた。

小父さんが、さよの肩にそっと触れた。

あの時、納戸で感じた温かく優しい手だと、思った。

震えが、止まった。

それから、もう一杯白湯を貰い、話を聞いた。

小父さんは、両という名で、ときと知り合いなのだそうだ。

ときが両に、さよのことが心配だと言ってくれたこと。

ときと両、八丁堀の旦那――南町の定廻同心、左右田安兵衛、三人で相談して、さよを「あの家」――生家から助け出してくれたこと。

さよがもう「あの家」へ戻らなくていいように、互いに赤の他人として暮らしていくよう、祖父を説き伏せてくれたことを、教えて貰った。

今頃、祖父は怒っているだろうか。「家の恥」が外へ出てしまった、と。

もしかしたら、喜んでいるかもしれない。

「家の恥」が「赤の他人」になったのだから。

初め、さよをどこぞの商家か農家へ養女に出すことになっていたようだが、それはさよが、頑なに拒んだ。

養女に行った先が、「あの家」と同じようだったら。

大丈夫だと、人柄が分かっているから、と左右田は言った。

けれど、さよの祖父も母も、初めはさよを慈しんでくれていた。

必ず変わらないと、請け合えるのか。

「嬢ちゃんの言う通りだな」

頷いてくれたのは、両だった。

「嫌がる嬢ちゃんを、無理矢理どこぞの養女にするのじゃあ、嬢ちゃんの家の大人達と変わらねぇ」

左右田は、かなり渋い顔をしていたものの、すぐに折れてくれた。

さよは身よりのない娘として、左右田の世話になることになった。人別帳は、「巧いこと都合をつけて」くれるそうだ。

すっかり「あの家」と縁が切れることに、さよは自分でも驚くほど安堵を感じていた。

自分は、身内への情が薄いのかもしれない。

だから、祖父と母は自分を慈しんでくれなかったのだ。父が心中しなくても、いずれこうなったのだろう。

せっかく、「あの家」から離れられたのだ。これからはひとりで生きていく。

そう告げたが、それは左右田も両も認めてくれなかった。

両は、さよに訊ねた。

「ひとりで生きていくということは、沢山の大人と関わるということだ。今のおさよ坊にそれができるか。左右田様の御屋敷の奉公人だって、怖いんだろう」

さよの胸の裡をあっさり読まれ、強がる暇もない。

さよは、小さく頷いた。

奉公人のいる家は、無理だ。暮らせない。

じゃあ自分はこれから、両と共に暮らすのか。

さよは、そう考えたが、両は少し寂しそうに「俺んとこは、止した方がいい」と言った。左右田も、両に気遣いながら「そうだな」と応じた。

どうして、と訊きたい気持ちを、さよは呑み込んだ。

別に、助けて貰ったからって、頼りにしたいわけじゃない。

大人なんて、いつ掌を返すか、分からない。

左右田と両を見比べていた視線を、二人から外すと、両の大きな手がさよの肩を、ぽんぽん、と叩いた。

大人の両に触れられても、まるで怖くなかった自分に、さよはほんの少し戸惑った。

左右田と両があれこれ思案して、さよは左右田の組屋敷に建つ三軒長屋のうち、母屋に一番近い部屋で一人暮らしをすることになった。

最初、十一の子がひとりで暮らすなんてと、左右田は渋っていたが、さよがそうしたいと言うのを聞き、両にも諭され、ようやく頷いた。

左右田との約束は、三つ。

気持ちが落ち着いたら、左右田の細君から、読み書きや裁縫を習うこと。

三度の飯は、母屋で食べること。

困ったことがあったら、すぐに左右田を頼ること。

長屋の店賃は、稼げるようになってから必ず返すと、さよは告げた。

左右田は困った顔をしたが、両に何やら強い目で見られ、「慌てなくていいから」と応じた。

そうは言っても、これからどうやって稼ごうと思案していると、左右田と両に、諭された。

「まずは、元気になるのが先だ」

「そうだぞ。よく食って、よく寝ろ。でないと、何をするにも動けやしねぇ」

さよは、頷くよりなかった。


長屋の一人暮らしは、考えていた以上に寛げた。

他の二部屋は、既に店子がいたけれど、顔を合わせた時に挨拶を交わすほかは、さよに構ってくることはなかった。左右田が、「放って置いてやれ」とでも、言ってくれたのだろうと、さよは察した。

誰に怯えることもなく眠り、その日の食べ物の心配をしなくてもいい。

そのことが、さよは何より嬉しかった。

自分でも驚くほど、身体と心に力が戻った気がした。

店子達と交わす挨拶も、少しずつぎこちなさがとれ、短い話もできるようになった。

そろそろ、何かやらせて貰えないだろうか。約束の「手習い」はまだできないけれど、庭掃除くらいなら、何とかなりそうだ。

そんな思案が伝わったように、両がさよを訪ねた。

手習いの代わりに、手伝って欲しい店がある、と言うのだ。

さよは、身体が硬くなるのが分かった。

また、知らない大人の中に交じらなければならないのか。

心配はいらない、と左右田に背中を押され、両と訪ねたのは、昌平橋の北、神田川に沿った往来から一本入った道の東角、湯島横町の小さな古道具屋だった。

両に、「この店の主、柚之助だ」と引き合わされた人は、吃驚するほど若く、綺麗だった。

思わず、可愛らしいとさよが思ってしまったお婆さんは、「菊ばあ」といって、柚之助の祖母で育ての親、そして、両の「師匠」だそうで、さよが生まれ育った家の大人の誰とも違うような気がした。

主の柚之助は、さよに古道具屋――「おもかげ屋」の店番を任せたい、と言った。柔らかくて綺麗な声だった。

さよは、必死で断った。

客が訪ねてきても、きっと自分は怯えて、まともな客あしらいなぞできない。

菊ばあが、ほほほ、と笑った。

ふくろうのようだと、さよは思った。

「孫は、人より古道具が好きでねぇ。というより、人に関心がないんだよ。物置に籠っちゃあ、ぶつぶつ薄気味悪い独り言を呟いてる。だから、おさよ坊は、普段は店にいて、客が来たらすぐに物置の孫に知らせてくれるだけで、いいんだよ。慣れてきたら、いらっしゃいまし、くらいは言えれば、なおいい」

さよは、そうか、と思った。

このひと——柚之助も、人が苦手なんだ。

なんだか、自分と似たような人なのだと思うと、ほっとした。

そして、そもそも人に関心がないのなら、きっと、さよを虐めたり殴ったりすることもないだろう。

柚之助が、綺麗な笑顔で言い添えた。

「私は、祖母が言った通り、普段は物置を兼ねた仕事部屋に籠っていますので、おさよさんはのんびり店番をしながら、好きなことをしていてください。お客さんがいらした時、困ったことがあった時だけ、私に声を掛ける。勿論ちゃんと給金はお払いします。どうでしょうね」

それなら、自分にもできるかもしれない。

その一方で、話が旨すぎるとも思った。

ちらりと両を見ると、上機嫌に、そして少し得意げに、笑っている。

きっと、さよの為に、この店に頼んでくれたのだ。

少しでも、さよが人に慣れるように。大人に感じている怖さを、無くせるように。

そんな余計なこと、しなくていいのに。

そうも思ったけれど、ここは両の顔を立てなければ。それに給金が出るなら、長屋の店賃も、左右田に払えるかもしれない。

「よろしくお願いします」

告げたさよの声は、自分で嫌になるほど、上擦っていた。


柚之助のさよの呼び名は、その日のうちに「おさよさん」から「おさよちゃん」に変わった。

急に間合いを縮められたかと、少し身構えたが、ただ、その方が呼びやすいから、ということだったようだ。

さよも、柚之助を「ゆずさん」と呼ぶことにした。

好きに呼んでいいが、旦那さんだけはやめてくれと言われたので、馴染み客の呼び方に倣ったのだ。

「おもかげ屋」の客は、さよが考えていたよりも少なかった。

色男の主目当ての女客もなく、馴染みの客や、古道具を売りに来る同業らしい客も多くない。そして、誰も彼も少し変わっていて、柚之助と同じ「度の過ぎた古道具好き」の匂いがした。

たまにやってくる「普通の客」は、三人にひとりが逃げ出し、もうひとりは怒って帰ってしまい、残りのひとりがどうにか商いになる、という具合だった。その商いも、古道具の売り買いというより、困りごとを片付ける手伝いをしているようで、むしろ、よろず屋に商い替えをした方がいいのではないかと、さよなぞは思ってしまう。

とはいえ、その「手伝い」にしても、客の為ではなく「古道具が可哀想だから」という理屈なのだから、やはり柚之助は根っからの古道具屋なのだろう。

そんな風に、客や柚之助の様子を眺めながら、さよが少しずつ客にも店番にも慣れてきた頃のことだ。

やってきた客達を見て、さよは柚之助の仕事部屋に逃げ込んだ。

崩れるように、柚之助の側にしゃがみ込む。柚之助の側が落ち着くからではない。古道具が散らかっていて、そこしか、しゃがみ込む隙間がなかったのだ。

心の臓が、忙しなく、大きく、脈を打つ。

身体が震える。

頭の奥が、がんがんと、痛い。

心配そうにさよの顔を覗き込む柚之助に、ようやくさよは「お客さん、です」とだけ告げた。

暫く柚之助はさよの側らから動かなかったが、店先から「もし」と声が掛かり、離れていった。

客の声を聞きたくなくて、さよは両手で耳を塞いだ。

どれくらい、経ったのだろう。

そっと、温かい手がさよの肩に触れた。

触られたくなくて、さよは身を引いたが、足が近くの花瓶に当たり、慌てて元の場所に戻った。

柚之助が、そっと、ゆっくり、さよの背中を叩く。

同じ調子で、ぽん、ぽん、と、手が背に触れる数を数えているうちに、震えが止まり、頭の痛みも消えた。

柚之助が、静かにさよに声を掛けた。

「白湯でも、飲みますか」

「番頭さんと、手代さん」

さよは、蹲ったまま答えた。

柚之助は、何も言わない。さよが続ける。

「あの人、あたしがいた家の、奉公人」

どうしても、「自分の家」とは言いたくなかった。そう言ってしまえば、いつかあそこに戻されてしまう、そんな気がして。

「おもかげ屋」に最初《はじめ》に入ってきたのが、さよの生家の番頭で、番頭に続いて、大きな荷物を手代が二人掛かりで運び入れていた。

荷物に気を取られていて、三人とも、店番のさよには気づかなかったようだ。

「そうですか」

柚之助は、穏やかに応じた。

ふいに、厭な虫の報せがした。

さよは、顔を上げ、柚之助を見た。

「あの。番頭さん、何しに来たんですか」

ああ、と柚之助は頷いた。

「長火鉢を、売りたいと言ってね。隣の小間物屋が、店を畳み一家で大坂《おおさか》へ行くとやらで、古着や古道具を譲り受けたそうですよ。他の物は呼んだ古道具屋に売れたけれど、長火鉢だけ、断られた。大振りだから売りにくいとこへきて、小間物屋の飼い猫が邪魔をしたらしくて」

そんな。

さよは、柚之助に取りすがった。

「おっと」

柚之助が驚いたように、軽くのけ反った。

「ゆずさん、その長火鉢って」

「ああ、言い値で買いましたよ。味のある、とてもいいものだったので」

「今、どこにありますか」

柚之助は、深い黒の瞳でさよを見つめ、答えた。

「店に置いてあります。ひとりで運ぶには、少し大きいのでね。両さんが来たら手伝ってもらおうかと」

矢も楯もたまらず、立ち上がり店へ急ぐ。

もつれる足が、もどかしかった。

店の隅、ぽつんと置かれている長火鉢に、さよは取り縋った。

大きさも、色合いも。

白と藍色の陶器の天板も、綺麗な松の画も。

一番上の引き出しに付いている小さな傷も。

長く灰を入れた様子のない灰入れも。

猫の匂いも。

再び、握った拳が震えた。

あの子は、この中でしか、寝られないのに。

「おさよ坊」

振り返ると、いつの間にやってきたのか、戸惑った顔の両と、凪いだ瞳をした柚之助が、こちらを見下ろしていた。

「どうしました」

柚之助の問いに被せるように、さよは訊いた。

「たまは、猫は、いませんでしたか。おときさんは、どこへ」

両の顔が曇った。

「仲が良かった猫か」

短い問いに、さよは頷いた。柚之助が首を傾げたので、ぽつり、ぽつりと、よく隣へ遊びに行った話をし、外に出られなくなってからも、たまが来てくれたこと、たまにとってあの長火鉢がどれだけ大切なのかを伝えた。

両が、思い出したように呟く。

「俺に、おさよ坊のことを教えてくれたのは、おときさんだった」

それから、よし、と頷いて続けた。

「ちょっと待ってろ。おときさんとたまがどうなったか、調べてくる」

そう告げ、「おもかげ屋」を出ていった両は、一刻しないうちに、暗い顔で帰ってきた。

さよが急かしても、なかなか口を開いてくれない。焦れたところへ、柚之助が両を促してくれた。

「両さん。おさよちゃんには、常に側にいて庇ってくれる身内はいない。それでも、この歳で、たくましく、ひとりで生きているんです。だから、自分に関わることは、すべて知りたいはずですよ。とりわけ、おさよちゃん自身にとって、大切な人や猫のことに関しては──」

ゆずさんは、分かってくれてる。

十一《じゅういち》歳の子供だからと侮ることもなく、闇雲に庇うこともなく、ただ、今のさよの生き方と気持ちを、汲んでくれる。

嬉しさと安堵で、気が抜けそうだ。

気を抜いたら、きっと泣いてしまう。

ほら、もう鼻の奥が、つんと痛い。

溢れそうになる涙を、おさよは体中に力を入れて、堪えた。

両が、苦い溜息を吐いた。

「あんまり、いい話じゃねぇぞ。お前ぇの生家も関わってるしな」

そんなこと、番頭さんがあの長火鉢を売りに来た時に、分かってる。

それでも震えた手を気にしたか、両が、さよの肩を、ぽん、ぽん、と優しく叩いた。

「おさよ坊が、ここで働いてることも、左右田の旦那の長屋で暮らしてることも、知られちゃいねぇ。それは心配するな」

さよは、両を見て頷いた。

諦めたように、それでもまだ少し心配そうに語ってくれた両の話は、こうだ。

さよを助けたことで、ときと隣の小間物屋は、さよの祖父の怒りを買った。

勿論、さよを虐げてきたことは大っぴらに出来ないし、理はときや両、左右田にある。

祖父は、孫を納戸に閉じ込めたまま、水も与えなかった。水を断たれれば、人はほんの三日、四日で命を落とすというのに。

母は心を壊し、娘を人形扱いしたかと思えば、折檻《せっかん》を繰り返す。

そのすべてが、遊女と心中した「婿憎し」から来ている。

それを、左右田とときは知っていた。「躾だ」だの「親子の間に口を出すな」だのという、大抵の無体なら通る言い訳も、さすがに通らないのは、祖父も承知だ。

だから、大っぴらにときと隣の小間物屋を責めることは、祖父には出来ない。

その分、やり口が陰湿になった。

小間物屋も、さよが心配だったとはいえ、やはり他人の親子のことに口を出してしまった負い目があったようだ。

内儀が身体を壊したのを機に、主の故郷でもある大坂へ戻ろうということになった。

さよは、申し訳なくて項垂れた。

さよのことを、ときが両に知らせてくれたから、さよは今こうしていられる。

そのときが、祖父のせいで、江戸を追われるように後にしたなんて。

「大丈夫か」

両の問いに、さよは顔を上げて頷いた。

「猫のたまだが」

両が、ちょっと間を置いて、切り出した。

「大坂は遠い。長旅に連れて行く訳にも行かず、おときさんは泣く泣くたまを置いていった。自分でしっかり鼠も捕っていたし、たくましい猫だから、心配いらない。運が良ければ、誰かに可愛がって貰える。鼠捕りが巧い猫は重宝されるから。そう考えたんだろう」

さよは、唇を噛んだ。

両の言葉通り、たまなら安心だ。おばあちゃん猫になっても、ちゃんと鼠を捕っていた。

でも。

だからと言って、置いていくなんて――。

叫び出しそうになるのを、さよは堪えた。

ときが大好きだった、たま。

長火鉢でしか眠らなかった、たま。

本当に「安心」なのだろうか。

胸騒ぎが収まらないのは、何故だろう。

なぜ、両は怖い顔をしているのだろう。

両が、重たそうに口を開いた。

「向かいの太物問屋の話では、たまは暫く、空き家になった小間物屋にいたそうだ」

そこへ、さよの祖父が手代達を連れて乗り込み、道具や家具を運び出した。

小間物屋から、「迷惑賃として、譲り受けた」と言って。

その長火鉢に、たまは付いて行った。

幾度も蹴られ、手代に水を掛けられても、鳴きながら長火鉢を追おうとしていたが、暫くして姿が消えた。

さよは、立ち上がった。

「おさよちゃん」

柚之助が、さよを呼んだ。

どくん、どくん、と心の臓が悲鳴を上げている。

「たまは、あの長火鉢が大好きだったの。あの長火鉢でしか、眠らないんだって、おときさん、言ってた。大好きなおときさんとの思い出が沢山染みついた、長火鉢なの――っ」

柚之助が、立ち上がってさよの肩に手を置いた。

さよが見上げると、当たり前のように柚之助は告げた。

「たまを、探しに行くよ。おさよちゃんなら、たまの考えが、分かるだろう」

さよには、たまの行く先に心当たりがあった。

大きく頷いて、差し出された柚之助の手を握り返した。


「おもかげ屋」を出てすぐ、柚之助がさよに訊いた。

「両国広小路の辺りなら、詳しい場所を教えて貰えれば、私が行ってくるよ」

さよは、小さく頭《かぶり》を振った。

たまは、悪戯が過ぎて叱られると、決まってふい、といなくなった。

行先はいつも同じ。
両国広小路から南、武家の小屋敷と町家との境にあるお地蔵様の祠の陰。
そこで、ときが迎えに来るのを待つ。
ときに逢いたいたまの行くところは、もう、そこしかない。
「おさよちゃん」
気遣わし気に名を呼んだ柚之助に、さよは「大丈夫」と、応じた。
「広小路からは、少し離れてるから」
言ったものの、正直、恐ろしくて膝が震えている。
見つかって、連れ戻されたらどうしよう。
閉じ込められた納戸、冷ややかな祖父の言葉、さよを娘として見ない母の視線、折檻。
ひとつひとつ辿りかけ、さよは急いで頭を振った。
でも、たまはきっと、さよよりももっと恐ろしい思いをしているし、哀しんでいる。
だから、自分の「恐ろしさ」なんて、構ってはいられない。
たまがひとりぼっちにされたのは、さよのせいでもあるのだから。
柚之助は、小さく頷き、言った。

「それじゃあ、猪牙を頼もうか。一刻も早く助けてやろう」

思った通り、たまは、お地蔵様の祠の陰で震えていた。

綺麗だった三毛の毛並みは、濡れて泥だらけ、ちょっと見は三毛かどうかも分からない。

それでも、さよはひと目で、たまだと分かった。

汚れた身体を毛づくろいできない程、弱っている。

さよは、唇を噛んだ。

少し離れたところに、さよがそっとしゃがむ。

柚之助が、さよにすべて任せた、というように、さよとたまからゆっくりと離れてくれたのが、有難かった。

「たま」

声を掛けると、たまが蹲っていた身体を膨らませ、ふう、と唸った。

さよは、泣きたいのを堪えた。

「たま、覚えてるかな。さよだよ。よく遊んでくれた、隣のさよ」

たまが更に毛を逆立たせ、縮こまった。

また、さよに向かって鋭く唸った。

蹴られたところは、どんな様子だろう。見たところ、怪我はないようだけれど。

逸る気持ちを抑え、さよは幾度も名を呼びながら、たまが落ち着くまで待った。

人間なんか、嫌いだ。

そんなたまの叫びが、聞こえてくるようだった。

ひとりでに、詫びの言葉が零れた。

「ごめんね、たま。ごめんね」

うう、と低い鳴き声は、相変わらず怯え、怒っているようだが、少し落ち着いただろうか。

急にいなくなった、大好きなときと、一緒に暮らしていた人間達。理由も分からず、哀しかったろう、心細かったろう。

蹴られ、水を掛けられ、痛かったろう、恐ろしかったろう。

そっと、さよはたまへ、手を差し出した。

捕まえる為ではなく、匂いを嗅いでご覧、というつもりで。

たまが、しり込みをする。

さよは一度手を引っ込め、間を置いて差し出す。

そんなことを繰り返し、ようやくたまが祠の陰から出てきたのは、しゃがんだままの足が痺れ、何も感じなくなった頃だった。

さよは、語り掛けた。

「たま。帰ろう。おときさんはいないけど、お気に入りの長火鉢は、あるよ」

柚之助に頼んで、あの長火鉢を買い取ろう。留守番じゃない、何かちゃんと稼げる仕事を探して、少しずつ払って返す。

だから、一緒に帰ろう。

さよの言葉が分かったのか、たまがさよに近づいてきた。左の後ろ脚を、軽く引きずっている。

しゃがんださよの膝頭《ひざがしら》に、たまが頭を擦りつけてきた。

急に手を出したら、驚いてたまが逃げてしまう。

さよは、そっとたまに手を伸ばし、静かに抱き上げた。

びゃ、と掠れた声で小さく鳴き、大人しく身体を預けたたまを、さよは抱きしめた。

頬を寄せたたまの小さな頭は湿っていて、泥の匂いがした。

ひとりでに、想いが言葉になって、奔り出た。

「大坂は遠い。だから何。たまは鼠を捕るのが巧いから。それが、何だっていうの。大坂までの道のりが遠いのも、長火鉢の持ち主が変わったことも、たまのせいじゃないじゃない。『食べるのに困らないから心配ない』なんて、誰が決めたの。この子は、おときさんと、いたかったのに。おときさんの匂いが染み付いてるお気に入りの寝床を、失くしたくなかったのに。どうして、この子を置いていくの。長火鉢を取り上げて、乱暴するの。大人なんて、みんな勝手。都合のいい時だけ可愛がって、ちょっと事情が変わっただけで、すぐに捨てたり、邪険にするのよ。大っ嫌い。大人なんて、みんな、大っ嫌いよ――っ」

たまを抱きしめ、叫ぶさよに、柚之助は静かに言った。

そうだね、と。

我慢する間もなく、涙が溢れた。

でも、たまをこんな目に遭わせた事の初めは、やはり自分だ。

さよは、呟いた。

「自分は、もっと嫌い」

今度は、柚之助は黙っていた。黙ったまま、さよの肩を、ぽん、ぽん、と二度、優しく叩いた。

また、涙が出た。

怪我をして弱っているたまを、早く連れて帰って、手当てしなきゃ。

そう思うのに、なかなか泣き止むことができなかった。

小さな子供のようだと、さよは自分に呆れた。

さよの涙が止まり、痺れ切った足が歩けるようになるのを待つ間、柚之助は濡らした手拭いで、丁寧にたまを拭いてくれた。たまが柚之助に大人しく身体を預けているのが、ほっとする一方で、なんだか少し悔しかった。

そんな思いを柚之助に見抜かれた。

「おさよちゃんが、たまを安心させたからですよ」

たまが目に見えてぐったりしてきたので、痺れの残る足を叱りつけながら、どうにか猪牙に乗り込んだ。

猪牙の船頭は、たまをひと目見て、客用の膝掛けを「そのにゃん公に、掛けてやんな」と、貸してくれた。

優しい大人も、いるんだな。

落ち着いた心に、船頭が見せてくれた温かさが、沁みた。

ゆずさんも、菊ばあもそう。左右田の旦那も、両さんも。

ひと括りにしてはいけないな、と、さよは船頭に、笑みを向けた。

「ありがとう」

礼を言うと、船頭の顔が歪んだ。

我ながら、ぎこちない笑みだったとは思うけれど。

うほん、と船頭が可笑しな空咳をひとつ、綺麗な手拭いをさよへ差し出した。

たまをもっと拭いてやれ、ということだろうか。

柚之助が、笑い交じりに言った。

「おさよちゃん、手拭い借りて、顔を拭いた方がいい。私の手拭いは、すっかり汚れて、湿ってしまったから」

柚之助と船頭を見比べると、どちらも笑いを堪えている。

そうだ、泥だらけのたまに頬擦りしたから。

さよは、顔から火が出るのじゃないかと思った。


たまは、「おもかげ屋」にいることになった。

さよは最初《はじめ》、たまの長火鉢を買い取り、長屋へ持って行ってたまと暮らすつもりだったのだ。

仕事を探し、少しずつ払うからと頼んださよに、柚之助はにっこり笑顔で、「お断りします」と答えた。

柚之助は、あの長火鉢が気に入ったそうで、物置の真ん中に置くのだと、それは嬉しそうに伝えた。

あんなに、たまを気遣ってくれたのに、なぜ意地悪をするのだろう。

つい、恨みがましい目で柚之助を見たさよへ、柚之助は告げた。

「あれほど大きな長火鉢じゃあ、おさよちゃんが暮らすのに不便でしょう。たまだって、おさよちゃんがいない間、長屋にひとりでは、また置いて行かれたと思うかもしれませんし。火鉢として使うつもりはありませんから、私の仕事部屋に置いておけば、たまも勝手に寛ぐでしょう。おさよちゃんは、今まで通り店番をしてくれれば、たまの近くにいられる」

どうです、と首をかしげた柚之助に、さよは恐る恐る訊き返した。

「あの、たまを置いてくれるんですか」

「ついでです。あの長火鉢も、ずっと一緒にいたたまと離されたら、寂しいでしょうから」

照れ交じりの憎まれ口さえ、「古道具が一番大事」の理屈になるのだな。

さよは、笑いを堪えた後深々と頭を下げて、言った。

「よろしくお願いします」

さよにとっては、早速、長火鉢に収まっている幸せそうなたまが、「一番大事」

なのだ。

三毛の毛並みも、柚之助とさよ、二人掛かりで改めて拭き直した甲斐があって、元の艶を取り戻している。

「怪我は大したことありませんでしたが、体が弱っているようですから、しばらく気を付けてあげましょう」

柚之助の言に、さよは頷いた。

たまの息が浅く忙しないのが、心配だ。

それから間もなく左右田がやってきて、菊ばあと両、柚之助の四人が、店先で何やら話し始めたのを、さよは長火鉢で丸くなっているたまを撫でながら、聞いていた。

途切れ途切れにしか、聞こえなかったので、何を話しているかよくわからなかったけれど、一度、柚之助が、

「置いて行く道具だとしても、嫌がらせをされた相手に、『迷惑賃』の代わりなんぞ渡したりしますかねぇ。だって、迷惑を掛けられたのは、小間物屋さんの方でしょう」

と、言っているのが聞こえた。

きっと、祖父と番頭が、勝手に自分達の物にしたんだ。

さよは、思った。

二人とも、けちで強欲だから。

しばらくして、柚之助が物置にやってきた。両も続いてやってきた。

さよの隣に腰かけ、訊ねる。

「おさよちゃんの、元居た家の話をしても、いいかい」

言葉を選んでくれている柚之助に、さよは小さく頷いた。

「おさよちゃんのことだけじゃなく、叩けば、色々埃がでてきそうなんだけど、どうする。おさよちゃんは、仕返しがしたいかい」

「おい」

咎めるように、両が柚之助を止めた。

柚之助は、両にあっさり言い返した。

「今更、取り繕っても仕様がないでしょう。おさよちゃんは、たっぷり仕返しをしたって許される筈だ」

「仕返しなんざしたって、おさよ坊の気は晴れねぇ」

「それは、おさよちゃんにしか分からないことですよ」

さよは、柚之助を見た。

ゆずさんは、本当に人が苦手なんだ。

どこか、突き放したような物言い、考え方に、改めて感じる。

そうして、考えた。

自分は、どうしたいのだろう。

答えはすぐに出た。

「仕返しは、しなくていい。二度と会いたくないし、思い出したくないだけ」

許した訳じゃない。怖くない訳でもない。

でも、仕返しなんかしたら、また「あの家」に関わる思い出が増えてしまう。

それは、御免だ。

柚之助が、さよの肩を二度、叩いた。

「そう。会いたくないし、思い出したくないんだね」

その声が、少し物騒に聞こえたのは、きっと気のせいだろう。

両と左右田、柚之助三人で、目を見交わし、何やら頷き合ったように見えたのも、見間違いだろう。

さよは、話を変えることにした。たまを撫でながら、ずっと考えていたことを、切り出す。

「あのね、ゆずさん」

「何だい」

「あたし、『猫探し屋』をやろうと思う」

柚之助が、飛び切りいい顔で笑った。

左右田が、目を丸くして訊いた。

「何だ、そりゃあ」

あのね、とさよが、考えながら切り出す。

「たまがいなくなって、とっても心配した。濡れて、汚れてるのを見つけた時、とても悲しかったし、腹が立ったけど、嬉しかった。ほっとした。だって、生きてて、見つけてあげられたから。可愛がってる猫がいなくなった人は、みんな同じ思いを味わってるんじゃないかって。その手助けがしたい。その仕事で稼げるようになったら、きっと楽しい」

ふむ、と柚之助が呟いた。

「商いとしちゃあ、悪くないでしょうね。大抵の猫は野良だったり、飼われていても、好きに外と中を出入りしていますが、それでも、可愛がっている猫の姿が見えなくなれば、心配する猫好きもいるでしょう。金持ちなんかには、家の中だけで大切に育ててるとこもある。そういう子が一度外へ出たら、戻るのは難しい。野良の縄張りに足を踏み入れちゃあ脅され、逃げて、を繰り返して、どんどん遠くへ行ってしまうそうですよ」

さよは、そうなのか、と柚之助を見た。

厳しい目をした両が、さよの側で胡坐をかいた。

「おさよ坊。仕事は、楽しいだけじゃあないぞ」

「分かってる」

「たまは、おさよ坊と仲が良かったから、居場所がすぐに分かった。会ったこともない猫を、探せるのか」

さよは、ちょっと笑った。

「あの人が心中してから、たまや、遊びに来てくれる猫達だけが、友達だったもの。可愛がってる人に色々聞かせて貰えれば、きっと探せる」

「つまり、大人と話をしなきゃいけないことは、分かってるんだな」

「分かってる」

「猫探し屋」を思いついた時から、ずっと考えていた。

両の言う通りだ。

たまは、仲良くしていたから、居所がすぐに分かった。他の猫は、普段どう過ごしているか、好きなものは何か、家からあまり出なかったのか、餌だけ貰いに来ているのか。そんなことを、飼い主から聞き出さなければいけない。

相手は、皆大人だ。

自分は、まともに話ができるのだろうか。

でも、自分で稼ぐのなら、どの仕事も同じだ。

さよは、両に迷いなく答えた。

「奉公に出て、『あの家』と同じようなところで働くより、ずっといいわ」

柚之助が、またさよの肩を、二度、叩いた。

「まだおさよちゃんは、十一歳《じゅういち》ですからね。ここの店番がてら、おいおい『猫探し屋』の仕事に慣れれば、いい。のんびり行きましょう、のんびり」

心配そうな左右田が、苦い顔ながら頷いてくれた。

「まあ、試しに始めてみるのも悪くないだろう。柚之助、頼んだぞ」

なるほど。のんびり、試しに、か。

知らないうちに入っていた肩の力が、すとんと抜けた心地がした。


それから、柚之助が「おもかげ屋」の看板の下に、「迷い猫、探します」という看板を作ってくれた。

初めは、菊ばあや両、左右田が客を連れてきてくれたが、しばらくすると「腕のいい猫探し屋はここか」と、訪ねてくる客も増えた。

両の言う通り、簡単なことばかりではなかった。

相手が子供だと知って帰ってしまう客は少なくない。厭な客もいるし、折角見つけたのに、「汚いから、もういらない」という飼い主もいる。

どれほど探しても見つからず、客を怒らせてしまうこともあった。

そんな時は、両や柚之助が、一緒に詫びてくれた。さよも、見つけられなかった訳を懸命に伝えた。

色々しくじったり、躓いたりしながら、猫の探し方、見つけた猫の渡し方、客とのやり取りの仕方を、工夫している。

たまは、あっという間に「おもかげ屋」に慣れ、飼い主に見放され、行き場のなくなった猫達の面倒を見てくれるようになった。「猫探し屋」の頼もしい相棒なのだが、なぜか、「たま」と呼ばれるのを嫌がる。聞こえません、私ではありません、という風に、そっぽを向くのだ。

たまの心の中を見ることはできないが、ときとの思い出を忘れたいのかもしれない。

だから、柚之助の案で「師匠」と呼ぶことにした。新入り猫に、「おもかげ屋」での暮らし方を細々《こまごま》教えているようだから、だそうだ。

「師匠」と呼ばれると、嬉しそうに短い尾を揺らし、「にゃあ」と返事をするから、まんざらでもないようだ。

そうして、「猫探し屋」の商いに慣れた頃、ようやくさよは、知ることとなった。

たまがいなくなった騒ぎから間もなく、さよの祖父達が、両国の店を畳んで、川《かわ》崎《さき》の出店へ逃げるように越していったこと。

近所で、「隣の小間物屋が残していった道具を、勝手に売りさばいた」「娘を、どこかへ売ったらしい」という噂が立ち、商いが出来なくなったからなのだという。

ひょっとして、柚之助さんや両さん、左右田の旦那の仕業かしら。

さよは、柚之助の言葉と、それから三人で目を見交わしていたことを、思い出した。

――そう。会いたくないし、思い出したくないんだね。

きっと、会いたくない、思い出したくない、というさよの望みを、叶えてくれたのだ。

あの人達が江戸を追われたと聞かされても、心は痛まなかった。

だって、まだ、大人は苦手だ。とりわけ、祖父と同じ年頃で偉そうな男と、母のように、甲高い声で喚き散らす女は。

むしろ、遠くへ行ったと知り、心底ほっとした。

もう、いつか連れ戻されるかもしれない、猫探しの弾みで、あの家の人達と会ってしまうかもしれないと、怯えなくてもいい。

さよは、うんっと背伸びをした。

今日ものんびりと店番をして、あたしのお客さんが来たら、猫探しを頑張ろう。

＊＊＊

柚之助は、「師匠の長火鉢」をどうでも譲れと喚き散らす年増女に、飛び切りの笑みを向けた。

女は、ぽ、と頬を染め、不意に黙った。

調子っぱずれの三味線だな。黙り方も、ぞんざいに弾き続けて、弦が切れたみたいだ。古道具に喩えながら、のんびりと告げる。

「実は、あの長火鉢、売り物ではない、のではなく、売れないんですよ」

それから、少し女に近づき、口の横に掌を添え、囁く。

「あの長火鉢には、どうやら『猫又』が憑いているらしくて」

ひ、と女が喉を鳴らし、一歩下がった。

きゃんきゃんと騒ぐから、もしやかえって気が小さいのかと思ったが、当たり、だったようだ。

思い切り芝居掛かった口振りで、更にひと押しする。

「夜中になると、長火鉢から抜け出して、行燈の油をぺろーり、ぺろーり」

女が、もう二歩、後ずさる。

「その姿を見た者は、猫の子分に姿を変えられてしまうそうで」

ここで柚之助は、思い切り声を張った。

「おや、大変だ。早速、お客さんの尻に、猫の尻尾が。よほど、長火鉢の『猫又』に気に入られたらしい」

ひぃぃ、と、耳を塞ぎたくなる悲鳴を上げて、女が店から逃げ出した。

外の往来から、ひっくり返った声で、「ひひひ、火鉢は、もういいよっ。邪魔したねっ」と叫び、あっという間にいなくなった。

やれやれ、面倒な客だったたな。

塩でも撒いてやろうかと思案しながら、物置へ戻ると、すっかり落ち着いた様子のさよが、くすくすと笑っていた。

両が、ほっとしたように、「どうした」と訊く。

「なんでもない。ただ、師匠が猫又だったら嬉しいなって思っただだけ。うんと長生きして、ずっと一緒にいられるでしょう」

さよは、師匠が妖怪になっても、どうということはないらしい。女が逃げ帰ってすぐに落ち着いたところを見ると、少したくましくもなったようだ。

柚之助は、笑ってさよと両を促した。

「さて、昼飯にでもしましょうか。その前に、師匠の様子と、尻尾の具合を確かめましょう。二つに割れているかもしれない」

五話　父親《てておや》と珊瑚の簪

——ここよ。

鮮やかな紅に、桜の花びらが舞う小袖、青海波の文様を織り込んだ銀の帯を締めた女が、柚之助を手招きする。

顔は見えないが、美しい、若い女だ。柚之助より少し、年上だろうか。

いや、年下にも見えるし、柚之助の母程の落ち着いた歳にも見える。

——早く、いらっしゃい。いい加減、待っているのにも、飽きてしまったわ。

待って。

もう少し、待ってくれ。

柚之助は、慌てて女へ手を伸ばした。

真っ先に目に入ったのは、見慣れた寝間の天井と、その天井に向かって、真っ直ぐに伸ばした、自分の間抜けな手。

そのままの姿勢で、三度瞬きをし、それからそっと手を下ろした。

隣で眠っていた菊ばあは、既に床を上げていて、ほんのりと味噌汁の匂いが漂ってくる。

誰も見ていないのは分かっているが、寝ぼけたことが、なんだかえらく気恥ずかしかった。

朝飯は、どちらか早く起きた方が作る決まりになっているが、大抵、菊ばあが早い。

「働き者にも程があるだろう。隠居したおばあちゃんの癖に」

ばつの悪さを、八つ当たりじみた憎まれ口で紛らわせ、柚之助は身体を起こした。

床を片付け、着替えながら考える。

あれは、多分、菊ばあの簪だ。

鮮やかな紅と、淡い桜色が渦を巻いたような珊瑚の玉に、青海波の透かしが入った平打ちの細工が縦に並ぶ、一風変わった簪。

古道具の目利きだった祖父が「ひと目惚れ」し、所帯を持つ前、恋仲だった菊ばあに贈り、菊ばあがずっと大切にしていた簪。

父が作った借財を返すために売らざるを得なかった、爺様との思い出の簪。

見るからに高価そうだったので、菊ばあは最初《はじめ》、貰えないと断ったそうだ。

あに菊の髪を飾れないのなら、こいつは捨てる。

若い頃から頑固だった爺様に、本気の顔でそう言われ、仕方なく受け取ったと、思い出話を語る菊ばあは、いつも娘の頃に戻った顔で、嬉しそうに笑った。

夢に見た女の姿と、菊ばあの簪、色合いも佇まいも全く同じだ。

これは、前触れだろうか。

ようやく、菊ばあの簪が見つかる。

菊ばあの髪に、あの珊瑚の簪を戻せる。

その、前触れ。

柚之助は、大きく溜息を吐いた。

慌てるな。焦っても仕方ないと、自分を落ち着ける。

似たような簪が出たと聞いては、確かめに行く。今度こそ、今度こそと抱いた期待は、これまですべて、裏切られていた。

その度、普段通りを装っているものの、間違いなく寂しそうな目になる菊ばあを、柚之助は見てきた。

だから、夢を見たくらいで浮ついていてはいけない。

ぬか喜びをさせてはと、黙っていても、菊ばあは柚之助の顔色から、察してしまう。

いつまで経っても、簪を見つけられないでいる自分に、柚之助は苛立った。

その苛立ちは、すぐにすべての端緒、柚之助の父、卓蔵へ向いた。

あの男さえ、いなければ、おっ母さんが命を落とすことはなく、菊ばあも、爺様との一番の思い出を手放すこともなかったのだ。

＊

――さて。今日から、また古道具屋へ戻ろうかね。

掃除でもするか、そんな気軽さで、菊ばあが六歳《むっつ》の柚之助に告げたのは、父の料理が人を死なせたのではないと分かり、半月ほど経ってからだった。

いつも客で賑わっていた店が、今はがらんどうだ。

柚之助は、何もない店を見回し、むしろ安堵していた。

父が店で出したふぐ料理で人死にが出たのだと、聞かされた。

料理を出した当の父は、「ふぐ騒ぎ」が起きてすぐ、姿を消した。

それまで、父の料理を幾度も平気で食べていた贔屓客まで「具合が悪い」と言い出した。

店には、怒った人達が詰めかけた。

料理人がふぐで人を死なせると、重い罪になる。だから、目明しや同心も、店へやってきては、祖母と母を責めた。

本当は、父を隠しているのではないか。どこへ逃げたのか、知っているのではないか、と。

母は、必死で父を取り成した。

父が、ふぐを料理したことは、ただの一度もないと。

誰も、信じてくれなかった。

繁盛していたはずの料理屋は、父が値の張る材料ばかり使っていたせいで、借金がかさんでいたそうで、金貸し達も店に押しかけた。

なぜ、母と祖母が詫びなければならないのか。父を取り成さなければいけないのか。

柚之助はまだ幼かったけれど、父を憎んだ。

優しい母と明るい祖母を、こんなに苦しませるなんて。

ざらついた声の目明しと厭な目をした同心が、散々店で怒鳴り散らしていった次の日、一際寒さが厳しかった朝、母は勝手で倒れ、二度と目を開けることはなかった。

みんな、父のせい、父が古道具屋を潰して始めた料理屋のせいだと、柚之助は思った。

だから、料理屋が跡形もなくなり、厭な同心や目明しに脅かされることもなくなったのが、柚之助はただ嬉しかった。

金貸しも、祖母が売れるものはすべて売り、それでも残った借金を、祖母の知り合いが肩代わりしてくれたことで、店には来なくなった。

それから、菊ばあは活き活きと、店を作り替える差配をした。

調理場を壊して物置にし、土間と、一段上がった板の間を設え、入り口の障子と往来に面した格子も替えた。

新しい木の清々しい匂いが、柚之助はとても好きだった。食べ物と酒の匂いが混じる店より、余程いい。

――やれ、ようやく元通りだ。懐かしいねぇ。

すっかり綺麗になった店を見回し、満足そうに呟いた菊ばあの髪からは、どんな時でも挿していた、爺様から貰った簪が消えていた。

＊

簪の夢をきっかけに、厭なことを思い出してしまった。

柚之助は、顔を顰めた。

気弱でお調子者、打たれ弱かった父。だから母親と女房子供を置いて、逃げ出した。

逃げた父の代わりに、菊ばあと柚之助の力になってくれたのは、定廻同心の左右田と、菊ばあの弟子の両だった。

父が料理をしたふぐを食べて亡くなったと言われていた客が、実は自分で釣ったふぐを自分で捌いて中ったことを突き止めるまで、左右田は辛抱強く、あちこちで話を聞いてくれたそうだ。

父が作った借金を肩代わりし、料理屋から古道具屋への店替えに掛かった金子も都合してくれたのが両だと知ったのは、柚之助が菊ばあから古道具屋を引き継いだ時だった。

その時には、既に菊ばあが、両から借りた金子を綺麗に返してくれていた。

「おもかげ屋」の屋号は、柚之助が主になった時に、菊ばあが付けた。

前に使っていた屋号がいいと柚之助は言ったのだが、柚之助の商いのやり方を見ていた菊ばあは、がんとして譲らなかった。

――あたしがこの歳で古道具屋をまた始めたのは、ゆずに渡すためだ。だから、ゆずの商いのやり様を映した名でなきゃあ、だめなんだよ。「どんな道具だって、作った人、使った人の想い、その面影を宿してる。宿す面影が増える度、道具は愛おしく、美しくなってく。そうやって、色々な面影を、次に使う人に繋ぐ」のが、ゆずの役目なんだろう。だったら、屋号は「おもかげ屋」しかないじゃないか。

柚之助は、菊ばあの頑固で優しい顰め面を、一生忘れないだろうと、思った。

＊

菊ばあと両、左右田の力がなければ、「おもかげ屋」はなかった。

両と左右田は、菊ばあの為に奔走してくれた。

なのに孫の自分は、いつまでも父に腹を立てているばかりで、菊ばあに少しも返せていない。大切な珊瑚の簪も、探し出せていない。

「ゆずさん、お客さんよ」

店先から聞こえた明るく澄んださよの声に、柚之助は荒んだもの想いを振り払った。

よいしょ、と声を掛けて立ち上がり、床に置かれた古道具達を避けながら、店へ出る。

さよは、「おもかげ屋」の客を見つけた時お決まりの、張り切った笑顔だ。一緒にいる客は、若く器量よしの、町人の女。

ふと、今朝の夢に出てきた「簪の女」を思い出しながら、柚之助は愛想よく笑った。

「いらっしゃいまし。おさよちゃん、おかえり」

さよが、女客に小さく頭を下げると、柚之助の近くへ駆け寄ってきて耳打ちをした。

「変わった珊瑚の簪を探してるんですって。それが、柚之助さんが探してるのと、似てるような気がするの」

とくん、と、小さく心の臓が跳ねた。

これくらいのことを聞かされただけでは、希みを持たなくなってから、もう随分経つ。

なのに今日に限って、もしかしたら、と思うのは、やはり今日見た夢のせいだろうか。

「変わった珊瑚の簪、ですか」

どうにか「のんびり」を取り繕った言葉の仕舞いは、自分にしか分からないほど、微かに揺れていた。

さよが、わくわくした顔で、続ける。

「今度こそ、ゆずさんが探してる、『菊ばあ』の簪だといいね」

そこへ、「あの」と、戸惑う声が割り込んだ。

あ、しまった。客を忘れてた。

さよと顔を見合わせてから、頭を下げる。

「失礼を致しました。どうぞ、お上がりください。おさよちゃん、茶をお願いできるかな」

「はぁい」

と、上機嫌な返事をし、さよが勝手へ向かう。

さよは、「猫探し屋」として活躍するようになってからも、店にいる時は、店番を引き受けてくれる。柚之助としては、物置を兼ねた仕事部屋に、心おきなく籠れるから有難い。

——あたしがいなくたって、お客さんそっちのけで物置に籠る癖に。

さよの容赦ない文句が、耳の奥辺りから聞こえたような気がしたが、気のせいだろう。

女客は、三和土から店の板の間へ上がり、柚之助の前に腰を下ろした。何も置いていない店の中を、そっと見回している。

柚之助は、告げた。

「品物でしたら、奥の仕事部屋に置いてあります。お眼鏡にかなうものがなければ、探しも致します」

「ええ」

女の返事に戸惑いが混じっていた。

まだ、辺りを見回している視線が、しきりに店の外へ向けられる。

柚之助は、ふう、と溜息を吐いた。

おさよちゃんの連れてくる客が、「普通の古道具」を探してるだけの客、って筈はないか。

柚之助は、さっくりと切り出した。

「珊瑚の簪をお探しとか。その簪のことでお困りなのでしょうか。何やら、気がかりもおありのようですね」

はっと、女客が柚之助を見た。

どうして、それを、という視線に、丁寧に答える。

「おさよちゃん、あの『猫探し屋』の娘《こ》が連れてくるお客さんは、大抵何か困りごとを抱えておいでなので。古道具の売り買いのついでに、力になってやれ、という、あの娘の気遣いなんでしょう」

女客は、唇に指先を当て、驚いたように「まあ」と呟いた。

歳は柚之助と同じ、十七、八というところだろうか。いわゆる、妙齢のお嬢さんだ。品のいい仕草や、仕立てのいい小袖、艶のある髪に挿した櫛の漆の塗り具合からして、大店の娘だろう。ただ、持ち物にも着物にも、派手さはない。

手鏡。片隅に、いい仕事の螺鈿《らでん》細工が添えられた、黒い漆の手鏡だな。

柚之助は、こっそりそんな風に、女客を「値踏み」して、言葉を添えた。

「それに、店の外を気にされているご様子でしたし。外に気になるお人でも、お待ちですか」

女客は、まじまじと柚之助を見てから、肩の力を抜いた。

名はぬい、京橋《きょうばし》北、常磐町《ときわちょう》の乾物屋《かんぶつや》の娘だという。

そもそもは、さよの「猫探し」の客で、さよが古道具屋を間借りして商いをしていると聞き、是非引き合わせてくれないかと、頼んだそうだ。

丁度茶を淹れて戻ってきたさよが、柚之助に向かって小さく頷く。

「探しているのは、この簪なんです」

そう言って、懐から紙入れを出した。

もう一度、ちらりと外の様子を窺ってから中身を出し、紙入れの上に置いた。

珊瑚の玉簪だ。

柚之助は、ゆっくりと息を吐き出した。

「手にとっても」

柚之助の問いに、ぬいが「ええ」と頷く。

そっと簪を持ち上げると、隣に座っていたさよが、覗き込んできた。

「綺麗」

ため息交じりの呟きが、さよの口から零れる。それからすぐに、さよが確かめるように柚之助を見た。

柚之助が探している「菊ばあの簪」なのかどうか、知りたいのだろう。

「いいお品ですね」

告げると、ぬいが嬉しそうに頷いた。

「ええ。気に入っています」

柚之助は、紙入れの上に簪を置いてから、訊いた。

「それで、この簪をお探し、とはどういうことでしょう」

ぬいは、少し言い淀んでから、答えた。

「これと、なるべく似ている簪を、探して頂けないでしょうか」

「訳を、お伺いしても」

ぬいが、また外を気にした。

仕方ないな。

こっそりぼやいて、柚之助は立ち上がった。

「散らかっていますが、私の仕事部屋へ、座を移しましょうか」

物置を兼ねた仕事部屋へ、ぬいを案内すると、まず所狭しと置かれた——さよに言わせれば、散らかした、ということになるらしい——古道具達に戸惑い、それからあちこちに隠れている猫に気づき、目を輝かせた。

最初《はじめ》に師匠に挨拶をし、人懐こい子猫のくろと遊び、つんとしているが本当は甘えたがりのたまごを膝に乗せるところまで待って、柚之助は再び話を切り出した。

「なぜ、既にお持ちの簪と似た簪をお探しなのか、伺っても」

ぬいは、少し面を硬くしたが、すぐに頷いた。

「見ず知らずの方に、いきなり声を掛けられたのは、十日ほど前のことでした」

四十絡みの町人の男は、ぬいに取りすがる勢いで頼んできたのだという。

今、髪に挿している珊瑚の簪を譲ってもらえないか、と。

さよが疑うような目をして柚之助を見たので、「私じゃないよ」と、首を振っておいた。

ぬいが、続けた。

「正直、気味が悪かったたし、気に入った簪でしたので、その場でお断りしたんですが、金子ならいくらでも出すから、と」

ふう、とぬいは溜息を吐いた。頬に手を当てて、困った、という顔をする仕草が、上品だ。

「お断りしたものの、今度は、私の後をついて回るようになって」

さよが、思い切り顔を顰め、口を挟んだ。

「うわ、それ、気味悪い」

そうなの、とぬいはさよに向かって頷いた。

「なるほど。気に入りの簪は譲りたくない。薄気味の悪い男に、これ以上付きまとわれるのも御免だ。だから、よく似た簪で誤魔化して、追い払おう、という訳ですね」

隣に座ったさよから、可愛らしい肘鉄が飛んだ。

呆れたような目を、師匠が柚之助に向け、すぐに長火鉢の中で丸まった。

ぬいが、微苦笑を浮かべ、言い返す。

「自分の簪だと誤魔化すつもりは、ありません。ただ、似たもので得心いただけたら、と」

「確かに、これで、どうしてもお嬢さんの簪じゃなきゃ嫌だと言い張るなら、いよいよ危ない奴だから、気を付けた方がいい、ということが分かりますしね」

柚之助は敢えて物騒なことを呟き、じっと見つめると、ぬいは目を逸らした。

ふ、と笑って、確かめる。

「こちらの簪、少しお預かりしても」

「え、ええ。勿論」

「似たような物を、探してみましょう」

ほっとした様に、ぬいは頷いた。

妙な男が様子を窺っているかもしれないから、と、店の外までぬいを送りに出ると、太田屋の前を掃除している小僧と、目が合った。

おや、と思っていると、ぬいも小僧を見ていることに気づいた。

それを柚之助に知られたと分かるや、ぬいはそそくさと頭を下げ、帰って行った。

その足取りは、どこか大役を無事果たしたような晴れやかさに、弾んでいる風に見えた。

ふうむ。

柚之助が、腕を組んで唸っていると、さよが店から出てきた。

そわそわと、柚之助を見上げて訊ねる。

「で、どうなの。ゆずさんが探してた、『菊ばあの簪』だった」

小僧の箒が、一度止まって、また動き出した。

柚之助は、にっこり笑ってさよを促した。

「中で、話しましょうか」


店の中へ入ると、両が来ていた。

奥の菊ばあを気にしながら、小声で「簪が見つかったかもしれないんだって」と訊いてきた。

「さては、立ち聞きしてましたね」

両が、ばつが悪そうに、明後日の方角を向いた。

「たまたま、おばば様を訪ねたから、二人の顔を見ようと思って、たまたま聞こえただけだ」

「たまたま、訪ね過ぎです。いいんですか、その、両国界隈は」

ふ、と見せた笑みに凄みが滲む。

この人は、地廻を束ねる「親分」なんだなあ。

柚之助は、両の背負っているものを、改めて思い出した。

「で、どうなんだい」

「どうなの」

重なるように訊ねた二人に、柚之助は困った笑みを向けた。

二人とも、声を潜めているのは、はっきりしたことが分からないうちに菊ばあに知られ、ぬか喜びをさせては気の毒だと思っているのだ。

そして、自分のことのように、大切な簪が見つかればいいと、願っている。

そんな、お人よし達をがっかりさせるのは気が進まないが、仕方ない。

柚之助は、申し訳なさを感じながら告げた。

「菊ばあの簪ではありません」

案の定、さよはがくりと項垂れた。

両も、渋い顔になった。

くろとたまごが、どうしたの、というようにさよの側へ寄ってくる。小さな頭を代わる代わる撫でながら、さよが呟いた。

「なぁんだ、贋物かぁ」

「贋物、ではなく、別物だね」

言い直してから、胸の中では、「確かに、贋物かもしれないけど」と皮肉に呟く。

ぬいの簪を目の高さへ持ち上げ、ゆっくりと回しながら柚之助は続けた。

「桜色と鮮やかな紅が交じった珊瑚玉、というところは同じですが、これは、斑《まだら》に交じっているでしょう。菊ばあの珊瑚は、こう、薄い層が、緩やかに波立っているように、美しい文様をしていた」

平打ちの透かし模様に至っては、波を模したのかもしれない曲線が何本か入っているのみで、青海波でさえない。

「探すの」と、さよが問う。

「さて、どうしましょうか」

「でも、似たような簪が出てくるかもしれないし、そっちが本物かもしれないじゃない」

「でも、菊ばあの簪が見つかっても、今度はお嬢さんにお売りしなければならなくなるよ」

「あ、そうか」

さよが肩を落とす。

「妙だと、思わないかい」

「何」

「しきりに、表を気にしておいでだった」

「それは、妙な男が気になったんじゃない」

「妙な男に付きまとわれているにしては、お供も付けずに出歩いておいでだ」

「そういえば、そうね」

「帰りなぞ、何の憂いもなくなった、という風に晴れやかな足取りだった」

「うん」

「そもそも、いくら厄介払いになるからといって、自分に付きまとっている男に、新しい簪を探してやるなんて奇特な娘さんは、いますかねぇ」

「あたしだったら、御免だわ」

さよがきっぱりと言い切って、思い出したように首を傾げた。

「『猫探し』も、ちょっと妙だったのよね」

柚之助が聞き咎める。

「妙って、なんだい」

「う、ん。なんだか、あっさりしすぎてたの。あのお客さんの猫探し」

「おさよちゃんは、猫をどこで見つけたの」

「すぐ近くの長屋の屋根」

両が、言った。

「きっと、箱入り猫だったんだろうさ。家から出たことがなかったんだろうよ」

さよが、眉間にしわを寄せて言い返す。

「でも、昼寝してたのよ。他の猫と一緒に」

さよは、言う。

あの様子は、間違いなく普段からあそこで寛いでいる、つまり、その猫の縄張りだ、と。

「お嬢さん、ゆずさんに物置へ案内された時にね。初めに師匠に挨拶して、それから甘えん坊のくろと遊んで、その後で、うらやましそうにしていたたまごを膝に乗せてくれたの。他の、人見知りだったり、人嫌いだったりする猫達《こ》も、どこにいるのか分かってたと思うんだけど、知らない振りしてくれた。ちゃんと、猫のことを分かってる人。そんな人が、自分が可愛がってる猫の縄張りや、お気に入りの場所を知らないはずないのになあ、って」

両が唸った。

「へぇ」

軽く相槌を打った柚之助を、さよはちらりと見て、ぐい、とどこか猫めいた伸びをした。

「ま、猫探しのお代《あし》はちゃんと頂いたし、あの子も大切にされてるみたいだから、いいけどね」

柚之助は、「おさよちゃん」と、手練れの猫探し屋を呼んだ。

さよが、何、という顔で柚之助を見返す。

「飼い猫がいなくなって、お嬢さんは慌てていましたか」

可愛らしく小首をかしげてから、さよは答えた。

「一応、慌ててはいたけれど、可愛がりぶりからしてみたら、ちょっと、慌てぶりが足りなかったかもしれない」

両が、柚之助に訊く。

「色々怪しいが、どうする」

両の問いは、ぬいに付きまとっている男を探ってみようか、という意味だ。

柚之助は、にっこり笑った。

「待っていれば、そのうちに、辛抱でき、ず、にやってきますよ」

両が、目を伏せて言った。

「ゆず坊、そりゃどういう――」

問い返した両の言葉に被せるように、店の方から声が聞こえた。

『ゆず坊、いるかい。邪魔するよ』

この声は、太田屋徳左衛門だ。

こめかみが、痛い。

柚之助は、眉を寄せ、悪態をついた。

「まったく、子供じゃあるまいし。辛抱できないにも程がある」

主の返事もないのに、呑気な様子で物置までやってきた徳左衛門を、冷ややかな目で迎える。

「上がっていいと、誰も返事をしていませんが」

「今更だよ。いつものことじゃないか。ほら、猫達、煮干しだよ」

猫達は、徳左衛門がくれる煮干しが好物だ。

くろが、にゃあん、と愛想よく返事をして、徳左衛門の側へやってきた。

「お前は、本当に可愛いね。あ、他の子も、勿論可愛いよ」

一応、他の猫達を探す振りをしているが、下手くそな芝居は上滑りするばかりだ。

いたたまれなくなった両が、ひとつ、咳ばらいをした。

さよの「独り言」は、容赦がない。

「猫達を出汁に使わなくたって、いいのに」

徳左衛門は、微苦笑で「聞こえてるよ」と言った。

柚之助は、切り捨てるように訊いた。

「御用は」

両が驚いたように、こちらを見ている。

普段、邪険にしているように見せて、柚之助が徳左衛門にここまで冷たい物言いをすることはない。店と菊ばあ、柚之助自身を、徳左衛門が気遣ってくれていることを分かっているから、それなりの情を込めた遣り取りをしていた。

徳左衛門は、呑気に何やら呟きながら、さり気なさを装って――その努力は、全く功を奏してはいなかったが――何かを探すように、視線を巡らせている。

柚之助は、苛立ちを隠さずに、徳左衛門を突き放した。

「用がないなら、お引き取り下さい。今、大切な商いの話をしているんです」

「おい」

「ゆずさん」

両とさよの、柚之助を咎める声が、揃って飛んできた。

徳左衛門は、束の間たじろいだが、硬い笑みを浮かべて惚けた。

「今日は、冷たいなあ」

どうやら、引くつもりはないらしい。

不機嫌さを隠さない柚之助に対して、ここまで徳左衛門が頑なになる理由《わけ》は、ひとつ。

徳左衛門にとって、柚之助や菊ばあよりも大切な、この家の男が関わっているからだ。

柚之助は、苦い息を、一気に吐き出した。

「どうせ、おぬいさんから簪を見せられた私の様子を確かめに来たのでしょう。落ち着き払っているのがおかしいですか。店の中を見回しているのは、ひょっとして、買い取れなかったのかと、心配になった」

「何、どういうこと」

さよが、男三人を見比べている。

両は、太田屋が紛い物の「菊ばあの簪」に関わっていると聞かされ、厳しい目を徳左衛門に向けている。

柚之助は、畳みかけた。

「おぬいさんに、小父さんが頼んだんですよね。何か理由《わけ》をつくって、おぬいさんの簪を私に見せてくれ、と。いや、逐一、筋書きも小父さんが考えたのかな。おぬいさんはしきりに外を気にしていましたし、外を掃除していた小僧さんは、私とおぬいさんのやり取りに耳をそばだてていた。小父さんが下らない悪巧みをした理由も、見当がついています」

「いやあ、何の話かなあ」

「惚けるなら、こちらも惚けますよ。そうすると、話が進みませんね。困るのは、貴方と、あの男でしょうに」

「ゆず坊」

哀しそうに、徳左衛門が柚之助を呼んだ。

柚之助は、努めて穏やかに言葉を紡いだ。

「何の関わりもないおぬいさんを巻き込んだことに、私は心底腹を立てているんです」

ふう、と徳左衛門が軽い溜息を吐いた。両とさよをちらりと見てから、

「少し、話せるかな」

と訊いた。

さよを促して立ち上がりかけた両を、柚之助は止めた。

「この人達のことで、二人が気を遣うことなんかありません。両さんは菊ばあの客人だし、おさよちゃんはこの店が商いの場だし、うちの店番もしてくれている。遠慮するのは、小父さんの方でしょう」

徳左衛門は、いつもの仕草で、しゅんと肩を落とした。

「ゆず坊の言う通りだね」

「そちらへ、行きましょう」

柚之助は徳左衛門に告げた。

間違っても、徳左衛門の話を菊ばあに聞かせたくはなかったのだ。

心配そうな両とさよにちらりと笑いかけ、徳左衛門の返事を待たず、柚之助は物置を出た。

背中で、慌てた徳左衛門が付いてくる、ばたばたとした気配がした。

「どうしたね、ゆずや」

柚之助が、太田屋から戻って縁側へ顔を出すなり、菊ばあが訊いた。

両との将棋の最中、菊ばあが将棋盤から目を離すことはない。

腰を浮かせかけた両を、菊ばあが止めた。

「お前さんも、身内みたいなもんだからね。この子の話を聞いてやっておくれ」

柚之助は、少し笑った。

「菊ばあ。私は、そんなにひどい顔をしていますか」

あっさりと、祖母から答えが返ってくる。

「見なくても、しみったれた足音を聞いただけで分かるよ」

両はと言えば、酷く心配そうな目をしているが、自分からは何も聞かないでいてくれる。

両さんが、お父っつあんだったらよかったのに。

だしぬけに、そんな考えが頭をよぎり、柚之助は慌てた。

自分は、菊ばあ以外の身内なんて要らないと思っていた筈だ。置いて行かれるくらいなら。ある日突然、目の前から消えられるくらいなら、初めから、心など許さず、間合いを置いた方がいいのに。

そこまで考えて、柚之助は軽く首を振った。

何を、子供じみたことを。

「おさよちゃんは、猫探し屋の仕事ですか」

ああ、という両の返事に、ほっとする。

二親、身内に恵まれなかったあの娘には、聞かせたくない話だ。

見た目は元気いっぱいだし、大人とも平気でやり取りをしている。だが、先だっての「師匠の長火鉢」のちょっとした騒動で、さよの心の傷が癒えていないことを、柚之助は目の当たりにしたから。

細く長い息を吐き、三人で将棋盤を囲む様にして、腰を下ろした。

「あの人、父が戻ってきているそうです。話をしたい、と」

ぴり、と両の気配が尖った。

菊ばあは、飄々《ひょうひょう》としたままだ。

訪ねてきた徳左衛門の、いつになく強気な様子から、父、卓蔵に関わる話だと、柚之助は見当をつけていた。

太田屋に匿われているのではないか、いきなり顔を合わせることになりはしないか、と、先刻は正直なところ、気が重かった。

けれど、手前勝手な卓蔵でも、隣家の厄介になるほど面の皮は厚くなかったようだ。

卓蔵は、未だに料理人をやっているらしい。

人を使って行方を探していた徳左衛門が、卓蔵が働く内藤新宿《ないとうしんじゅく》の居酒屋に行きあたったのは、ひと月ほど前。名を変えていたので、見つけるのに手間取ったのだという。

そうして、母のふゆが、病で亡くなったこと、ふぐ料理の不始末の疑いは晴れたことを、徳左衛門から聞かされ、急に柚之助と菊ばあに会いたくなった。だが、合わせる顔がない。

そこで、徳左衛門が知恵を働かせた。

何か「手土産」があれば、帰りやすいのではないか。

卓蔵の作った借金を返すために売らざるを得なかった、菊ばあの珊瑚の簪を、柚之助はずっと探し続けている。それを、二人で見つけてやったらどうだろう。

まったく、大の大人二人、どこまで考えが甘いのか。

そこまでの話を聞いて、真っ先に柚之助の頭に浮かんだ言葉だ。

古道具屋の菊ばあと柚之助が、未だに見つけられないでいる簪を、どうして、春米屋の主と居酒屋の料理人が見つけられると思うのか。

呆れすぎて、口を挟めずにいるのをどう取ったか、徳左衛門は嬉しそうに話し続けた。

こっそり江戸市中に戻ってきてひと月足らず、卓蔵が見覚えのある簪を挿した若い娘を見つけた。

思わず、その簪を譲ってくれと頼んだが、叶わなかった。

どうにか娘の心を動かせないか、話を聞いて貰えないかと、後をついて回ったら、気味悪がられた。

もう、声も掛けられない程拗らせてしまったと、卓蔵は徳左衛門に泣きついた。

そこで徳左衛門が一計を案じた。

付け回す妙な男を追い払う振りで、徳左衛門が簪の娘——ぬいと知り合いになり、相談を受ける。羽振りのいい春米屋の主だ、信は得やすい。

そうして、持ち掛けた訳だ。

自分の店の隣が、目利きの古道具屋だ、と。その簪を見せて、同じようなものを探して貰えばいい。それを渡せば、きっとその男は離れていくだろう、と。

ぬいに隠している目論見は、こうだ。

まずは、猫探しにかこつけて、さよから柚之助に引き合わせて貰う。

間違っても、徳左衛門が関わっていると知られない様に。先に知られれば、柚之助は頑なになってしまうだろうから。

そうして「菊ばあの簪」を見れば、柚之助は必ず買い取る。ぬいは大層気に入っている様だが、柚之助のことだ、きっと上手くやるに違いない。

晴れて菊ばあの手に簪が戻ってから、徳左衛門が種明かしをすれば、柚之助と菊ばあに卓蔵を引き合わせるきっかけができる。

お人好しな大店の娘、ぬいは、あっさり徳左衛門の「企て」に乗った。

すっかり話を聞いた菊ばあと両は、揃って顔を顰め、こめかみを指で押さえていた。


菊ばあが苦々しい声でぼやく。

「馬鹿だ、馬鹿だと思っていたけれど。ここまで馬鹿だとは思わなかったね」

「育て方を間違えたんじゃあ、ありやせんか」

両にしては珍しく、菊ばあに強気な軽口を叩いた。菊ばあが、さらりと言い返す。

「ありゃ、爺様に似たんだよ。あの世へ行ったら、しっかり文句を言わなきゃねぇ」

両が、負けた、という顔で笑った。

柚之助は、知っている。

たった一度、菊ばあが泣いた夜のことを。

母の弔いがすっかり終わった夜、冷たい風が吹きつける冬の縁側で、冴えた月を眺めながら、菊ばあは呟いた。

「おふゆ。折角嫁に来てくれたのに、あんな息子に育てちまって、本当に済まなかった」

その声は、微かに震えていた。

頬を濡らしたものが、月の光を小さく弾きながら、膝の上で固く握りしめた菊ばあの手の甲に落ちた。

柚之助は知っている。

菊ばあが、柚之助の母、ふゆを慈しんでいたことを。母も菊ばあを、慕っていたことを。二人は、実の母娘のようだと、噂されていた。

声もなく泣き続ける祖母に、幼い柚之助は、何と声を掛けていいか分からなかった。

あの時見た、いつもより一回り小さい菊ばあの背中が、今も柚之助の目に焼き付いたままだ。

柚之助は、きゅっと口許を引き締め、下腹に力を入れた。

その時、心に決めたのだ。

もう決して、菊ばあを悲しませたりしない、と。

「菊ばあ」

「何だい」

「あの人に、会いたいですか」

柚之助は、訊いた。

きっと、会ってもいいことなんかない。自分はそう思っているけれど、菊ばあは違うかもしれない。

会って叱り飛ばしたいかもしれないし、息子に対する情が残っているかもしれない。

会いたいと思うことを、柚之助は止められない。

菊ばあが、望む通りに。会うと言っても、息子を許すと言っても、菊ばあを恨んだりしない。

そう決めて、訊いた。

けれど菊ばあは、紙屑でも放るように答えた。

「どっちでも、いいよ」

呆気にとられた柚之助の視線を感じたか、菊ばあは言い添えた。

「卓蔵はこの家から離れて、他所へ行った。どんな経緯があろうと、自分で決めていなくなった。だからその先どう生きるかは、卓蔵次第だ。野垂れ死んでるんなら、線香のひとつも上げてやろう。どうにか生きてるんなら、このままほっとくさ。会ってやってもいいけど、会わなくたって、あたしは痛くも痒くもない」

　小さな間を置いて、菊ばあは生真面目な顔で柚之助を見た。

「だからね、ゆず。あたしに構わず、お前が好きに決めていいんだよ」

　穏やかな音を纏った言葉が、じんわりと柚之助に沁み込んで、知らず知らず強張っていた身体を、ほんの少し柔らかくしてくれた。

　菊ばあは、続ける。

「あたしには、逃げ出して行方知れずの息子より、一緒に暮らしてる孫が大事だ」

　なんだか、泣きたくなったことを取り繕いたくて、「いまひとつ、大事にされてる気がしませんが」と、憎まれ口をきいてみた。

「おや、そりゃ寂しいねぇ」

　おどけた菊ばあは、いつもの通り、元気で軽やかだ。

　両が、気遣うように訊ねる。

「ゆず坊。お前ぇはどうしたい」

　柚之助の気持ちは、もう決まっていた。

「あちらの思惑通りになるのは癪ですが、会ってきます」

　どちらでもいい、と言った時と同じ口調で、菊ばあが訊いた。

「あたしも、一緒に行くかい」

「いえ、私ひとりで。すっかり始末をつけてきます。おぬいさんを巻き込んだはた迷惑な騒動も、きっちり悔いて貰わないといけません。容赦は出来そうにないので、さすがに実の母親に聞かせるのは、憚りがあります」

菊ばあが、くつくつと喉で笑ってから、言った。

「分かった。しっかり、灸を据えておいで」


次の日の午、柚之助は、徳左衛門に教えられた、浅草《あさくさ》今戸町《いまどちょう》の料亭へ足を運んだ。隅田川が望める二階の静かな部屋には、既に徳左衛門ともうひとりの客が来ていた。

二人の向かいに座ると、ずっしりとした静けさが、部屋に淀んだ。

柚之助は、自分からこの重苦しさを払ってやるつもりは毛頭なかったので、軽く眼を伏せ、黙っていた。

耐えられなくなって、「徳左衛門の隣に座る男」が、口を開いた。

「その、久し振りだね、柚之助」

こんな男だっただろうか。

目の前にいる「父」を眺め、柚之助は首を傾げた。

とって付けた笑い、こちらの顔色を探る視線。

まるで、下手くそな幇間《ほうかん》のようだ。

そう考えて、ふと気づく。

「幇間」は、古道具ではなかったな、と。

どうやら自分は、この男を、大切な古道具に喩えることも、厭らしい。

それにしたって、置き去りにしたまま十二年放っておいた息子に向かって、「久し振り」なんて、他人事のような言いぐさはあるのだろうか。

どうせ詫びる気なんぞないのは分かっていたが、母に線香を、とか、菊ばあは元気か、とかが先だろう。そんな申し訳なささえ、感じていないのだろうか。

湧き上がった苛立ちに気づいたらしい徳左衛門が、哀し気に柚之助を咎めた。

「ゆず坊、何か言っておやりよ。卓蔵は、お前のお父っつあんじゃあないか」

すかさず、柚之助は応じた。

「ええ、腹立たしいことにね」

卓蔵が、傷ついた顔をして、しゅんと下を向いた。

叱られた犬でもあるまいに。ああ、やはり古道具には喩えられない。

とっとと、終わらせよう。

柚之助は切り出した。

「会いたいと、言ったそうですね」

はっと、卓蔵が顔を上げた。

そこから先は、自分で言え。

そんな思いで、ひたと卓蔵を見据えた。

もしや、直に会ったら、父に対する思慕のようなものが湧くのだろうか。

心の隅で、そんなことを考えていた。

だが、自分でも呆れる程、何も感じない。

色々言ってやりたいと考えていたことも、どうでもよくなってしまった。

今席を立てば、いくらお気楽者でも、袂を分かったことに気づくだろう。

帰ろう。

心を定めた時、卓蔵が口を開いた。

「あの簪。俺が見つけた、珊瑚の簪。おっ母さんのだったろう」

柚之助は、呆気にとられた。

確かに、自分は昨日、あの簪が探していたものか否か、徳左衛門に伝えなかった。

今日この場で、お前達のしたことはすべて無駄だったのだと、突き付けてやるつもりだった。

だが今、それも、自分から得意げに訊くことか。

柚之助は、座り直し、冷ややかに訊ねた。

「なぜ、あれが菊ばあの簪だと、思うんです」

幼馴染の男二人はいい歳をしている癖に、いたずら小僧のような顔で、目を見交わしている。

けろっとした顔で、卓蔵が言った。

「こんなすぐに見つかったのは、神様仏様の御導きだ」

神も仏も、都合のいい時にしか手を合わせなかった癖に、何を言う。

徳左衛門が、続く。

「ゆず坊から聞いてた色や形の通りだったし、卓ちゃんも間違いないって。違うのかい」

柚之助は、呆れて訊き返した。

「あなたは、母親が大切にしていた、父親との思い出の簪を、覚えていないんですか」

「ひょっとして、違ったのか」

そろりと訊いた卓蔵に、柚之助は苛立ちを抑え、答えた。

「まったくの別物ですよ。それなりにいいものではありますが、菊ばあの珊瑚の簪とは、比べ物にならない。何しろ、誰かさんがこさえた借財を返す、大きな助けになったくらいの品ですから」

どこがどう違うかなんて、誰が教えてやるものか。

「そ、そうか」

「違ってたんだ」

呟く二人の幼馴染は、少し萎れたように見えたのもつかの間、楽し気な笑みを浮かべて頷き合った。

嬉しそうに言ったのは、徳左衛門だ。

「本物じゃなかったけど、ゆず坊と卓ちゃんを引き合わせることが出来た」

卓蔵が頷く。

「それもそうだな。本物でも贋物でも、どっちでもよかった、ってことだ。三ちゃんの筋書きのお蔭だよ」

三ちゃんとは、徳左衛門の幼名、三吉の愛称だ。久し振りに耳にした。

いや、そんなことはどうでもいい。

この人達は、何を言っているんだ。その筋書きのせいで何が起きたか、分かっているのか。

柚之助は、冷ややかに二人を責めた。

「『お蔭』って何です。おぬいさんを付け回して怯えさせ、騙しておかしな企みに巻き込んで。いい大人が、何も感じないいんですか。おぬいさんは、嫁入り前の歳頃の娘さんですよ」

あ、そこまでは気が回らなかった。

二人揃って、そんな顔をしたのを見た刹那、柚之助の中のどこかで、何かがぶつりと切れた音がした。

「いい加減にしてくれっ」

堪らず、声を荒らげる。

「本物でも贋物でも、どっちでもよかっただって。菊ばあの簪は、そんな風に軽く扱われていいものじゃない。爺様との思い出の簪を、菊ばあがどれほど大切にしていたか。あれを売る時、どれほど菊ばあが哀しかったか。気づかなかったなんて、言わせない。あなたは、私よりずっと長い時を、菊ばあと過ごしたんでしょう。小父さんは、このひとがいなくなってから、どれほど菊ばあと母が苦労したか、知っていた筈だ。母は、苦労のし過ぎで命を落とした。悪戯が上手くいった子供みたいに、はしゃいだりするな――っ」

柚之助の怒りに、二人は目を丸くしたが、一拍置いて、顔から血の気が引いていった。

なぜ、卓蔵は申し訳なさの欠片も感じないのか。なぜ、徳左衛門は卓蔵を柚之助が喜んで迎えると思い込んでいるのか。

先刻まで、何も感じなかった筈の心が、二人の手前勝手で子供じみた考えを聞いているうちに苛立ちに揺れ、今は、怒りで目がくらみそうだ。

徳左衛門と卓蔵を、一度ずつ睨みつけ、下を向く。

そうでもしないと、何を言い出すか分からなくなりそうだった。

「菊ばあの簪を見つけたら、私が古道具屋を畳むとでも、思いましたか、小父さん。そうすれば、この人はここへ戻ってきて、また料理屋を始められる。どうせ、そう都合よく考えたんでしょう。でも、この人は菊ばあと母を置いて、逃げたんだ。たとえ古道具屋を畳んだとしても、料理屋にだけはしない。もう二度と、あの店をこの人の料理屋にだけはするもんか」

「ゆず坊、あのね――」

何か言いかけた徳左衛門を、柚之助は冷たく遮った。

「小父さんに何を言われても、このひとは私の父じゃない。母を死なせ、祖母を苦労させた人です」

卓蔵が、哀し気に笑った。慌てた様子で、徳左衛門が訴える。

「違うんだよ、ゆず坊」

「よせ、三ちゃん」

「だめだよ、卓ちゃん。ちゃんと、話さなきゃ」

ああ、この二人は、子供の頃のままなのだ。

遺り取りを聞き、柚之助は気づいた。

だから、ぬいを巻き込んだことの大きさよりも、菊ばあの簪の重みよりも、柚之助の怒りよりも、企てが上手くいったことに、喜んだのだ。

やんちゃな子供達が、上手くいった悪戯に沸き立つように。

「すまなかった」

ふいに、徳左衛門が頭を下げた。頼りないなりに春米屋を束ねる、いつもの物言い、佇まいに戻っている。

「懐かしさもあったのかな。卓ちゃんと二人でいると、子供の頃に戻った心地がしてね。それが酷く楽しくて、嬉しくて、浮かれすぎてしまった。二人だけじゃなく、ゆず坊とも、お菊さんとも、昔のように楽しく過ごしたい。その望みに夢中になってしまった」

でもね、と、徳左衛門は静かに訴えた。

「卓ちゃんの望みは、初め、ゆず坊とお菊さんに会いたい、許されるなら、おふゆさんの位牌に手を合わせたい。それだけだったんだ」

柚之助は、黙っていた。

だから何だと言うんだ。

内心でそう意地を張ってみたけれど、何と言っていいのか、分からなかったのが正直な気持ちだ。

「それからね。卓ちゃんは、ただ、逃げただけじゃないんだ。おふゆさんを庇うつもりで、姿を消したんだよ」

徳左衛門の言葉の意味が、咄嗟に分からなかった。

徳左衛門は、宥めるような口調で、告げた。

「卓ちゃんは、おふゆさんが、死んだお客さんに、こっそりふぐを出したんだと、思ってたんだ」

ふう、と、卓蔵が息を吐いて、重そうに口を開いた。

「俺は、見ちまったんだよ。死んだ客が、おふゆに『ふぐが食べたい』って頼んでるとこを。だからてっきり、おふゆが断れずに、ふぐを捌いたんだと」

卓蔵が材料に糸目を付けなかったせいで、いよいよ店を手放さねばならないか、というところまで、借金はかさんでいた。

そのことを、ふゆは気に病んでいて、金を取れる、贅沢な献立を工夫していた。

ふゆも、その辺の料理人には負けないほどの腕前で、客が立て込んだ時などは、勝手で包丁を振るうこともあったのだ。

死んだ客の身内が、卓蔵の店でふぐを食べたと怒鳴り込んできた時、卓蔵は、すぐにふゆだと、思った。どうしてもふぐを食べたい客が、金子は弾むと言ったのだろう、と。

ふゆに縄を掛けさせる訳にはいかない。元はと言えば、自分が作った借金のせいなのだ。

かと言って、自分がお縄になるのも嫌だ。

卓蔵は、逃げた。

自分の料理の腕があれば、なんとかなる。そして、いつかは戻れるだろう。

いつものように、軽く考えていたから出来たことだったと、卓蔵は締めくくった。

柚之助は、傾ぐ身体を、必死で立て直した。

頭が、がんがんと、痛んでいる。

心の臓が喧しく騒いでいる。

父は、母を守るために姿を消した。

母は、菊ばあは、そして柚之助は、卓蔵に捨てられたのではなかった。

嚙み締めた歯の隙間から押し出すようにして、柚之助は呻いた。

「どうして。どうして逃げる時に、せめて一言、おっ母さんや菊ばあに、そのことを話さなかったんです。話してくれていれば、おっ母さんじゃないって、分かったのに。逃げずに辛抱していてくれれば、左右田の旦那が解決してくれたのに」

「あの時は、夢中だった。とにかく、おふゆから疑いの目を逸らさなければと、必死だった」

疲れた。何も考えたくない。帰りたい。はやく帰って、菊ばあと両、さよの顔が見たい。

柚之助は、すう、と息を吸った。

平坦な声で、告げる。

「おっ母さんは苦労のし過ぎで、体も心もすり減らして、飛び切り寒い日の朝、勝手で倒れたきり、目を覚まさなかった」

「うん」

卓蔵の小さな相槌は、辛そうだ。

「おっ母さんが倒れるまで逃げ出さなかったのは、一番は菊ばあが心配だったのと、二番は、あなたを待っていたのだと、思います」

卓蔵の顔が、くしゃりと歪んだ。

自分は、何を言っているんだろう。

まるで、この男を許すような言葉を、どうして口走っているのか。

この男が姿を消したせいで、菊ばあと母は苦労をし、母が命を落としたことに変わりはないのに。もう少し、考えて動いてくれていれば、母は死なずに済んだのに。

だが口は勝手に、言葉を紡いだ。

「それから、菊ばあ、とっても元気ですよ。あなたがいた時よりも若返って、明るく楽しく過ごしています」

卓蔵が泣いた。

鼻水、汚いな。

そう思って顔を顰めると、徳左衛門が、甲斐甲斐しく手拭いで卓蔵の顔を拭いた。

柚之助は、立ち上がった。

「帰ります」

「ゆず」

子供の頃、この声で、そう呼ばれていたっけ。

柚之助は、ふいに思い出し、立ち止まった。

「また、会えるだろうか」

都合のいい考えばかりなのは、相変わらずだ。

柚之助は、卓蔵を見ずに応じた。

「庭の柚子が取れたら小父さんに届けてもらいます。懐かしいでしょうから」

会うつもりはないと、きっと伝わっただろう。

「そいつは嬉しいね。楽しみにしてるよ」

父の穏やかな声を聞きながら、柚之助は後ろ手に襖を閉めた。


「簪、そう簡単に、見つからないものね」

柚之助の側に来たさよが、小さな声で呟いた。

「今まで通り、地道に探すよ」

柚之助がさばさばと応じると、さよは、菊ばあを気にしながら、笑って頷いた。

「そう。それがいいわね」

さよに促されて始めた、物置部屋の「大掃除」最中《さなか》のことだ。

それなりに片付いているし、掃除もちゃんとやってるんだけどなあ。

柚之助は、出かかった呟きを、呑み込んだ。

手伝いに駆り出された両に、「余計なことを言うな」と、目で咎められたからだ。

師匠を除く猫達は、物置部屋の隅に固まって、呆れ顔でさよと柚之助を見比べている。

「ほら、この花瓶の中、猫の毛が入っちゃってる。きっと、たまごのね。いつもこの花瓶にくっついてるから」

てきぱきと、さよが花瓶を逆さにして、振り出した。

無造作に振り回しているその壺が、二両は下らない物だとは、告げないでおこう。

たまごのお気に入りだからと、つい、中の掃除を怠っていた柚之助が悪いのだ。

菊ばあは、長火鉢の側で、茶を飲みながら師匠を撫でている。

「思ったより、埃がないねぇ」

菊ばあの呟きに、そうでしょう、と柚之助は胸を張った。

すかさず、さよが菊ばあに言い返した。

「菊ばあ、ゆずさんを甘やかしちゃあ、だめよ」

菊ばあが、ほほ、と笑って、はいはい、と返事をした。

さよが、急にみんなで掃除をしようと言い出したのは、「おもかげ屋」に漂うぎこちなさを振り払うため。詳しい経緯は知らないなりの、さよらしい気遣いだ。

だから、菊ばあも、巻き込まれた格好の両も、黙って付き合ってくれている。

掃除を始めてほどなく、売り物の古道具はあちこちに散らばっているものの、案外掃除が行き届いていると、さよが得心したところで、物置部屋の大掃除は御開きとなった。

座を縁側に移すと、両と菊ばあが、囲碁を打ち始めた。

さよは、縁側から足をぶらぶらさせながら、柚子の木を眺めている。

落ち着くなあ。

柚之助は、さよの横から梅雨の晴れ間の空を見上げ、しみじみと思った。

卓蔵は、もう内藤新宿へ戻ったろうか。

菊ばあと両には、卓蔵から聞いた話を、すべて伝えた。

二人とも、そうか、と言っただけだった。

その夜、菊ばあは長いこと、ふゆの位牌の前に座っていた。

卓蔵が出ていった日から止まっていた何かが、ようやく動き出した気がして、柚之助は、うんっ、と思い切り伸びをした。

さよが、くすくすと笑いながら言った。

「その不器用な伸び、つくねみたい」

柚之助も、笑った。

＊＊＊

音もなく降る雨が、庭の柚子の木を濡らしている。時折、手元の暗い灯りを弾いて、雨粒や葉が、小さく光っている。

両が、静かに訊いた。

「おばば様、気落ちされませんように」

菊は、ふん、と鼻を鳴らした。

「自分で売った簪にも、勝手に出てった息子にも、未練なんざないよ。簪は、まあ運が良けりゃあ、出来のいい孫が見つけてくれるだろうさ。出てこなくたって、構やしない。爺さんと暮らした日まで、失せちまう訳じゃない」

ふ、と両が息のみで笑った。

「おばば様らしい」

菊は、盃を空けた。当たり前のように、両が新たな酒を満たしてくれる。続いて、自らの盃に酒を注ぎながら、独り言のように訊ねた。

「いっそのこと、あっしがゆず坊より先に見つけて、隠しちまいやしょうか」

菊が、少し驚いて両を見た。両は真っ直ぐ庭を見つめたまま、続ける。

「おばば様の簪を探してる間は、ゆず坊は古道具屋を辞めねぇ。簪が戻ってくるより、そっちの方が、おばば様は嬉しいでしょう。ゆず坊、お父っつあんと話して、かなりすっきりしたみてぇだが、まだちょいと危なっかしい感じもしますしねぇ」

両は言葉を選んでいるが、つまりはこういうことだ。

菊の簪探しという、大きな仕事が片付いてしまえば、人と関わることを面倒に思っている柚之助は、きっと「おもかげ屋」を辞めてしまう。

何より、柚之助は父に対する怒りで、自分を支えていたところがある。

父のようにはならない。

父の代わりに、菊ばあを、「おもかげ屋」を守る。

それが、今度のことで、卓蔵なりの「優しさ」があり、卓蔵なりに筋を通そうとしていたことを、知ってしまった。

張り詰めた糸が、ふつりと切れた柚之助の心は、どこへ行ってしまうのか。

菊は、顔を顰めて、両を睨んだ。

「古道具に関わる小細工なら、あの子はすぐ見抜くよ。余計こじれるから、止しとくれ。心配しなくたって、あの古道具好きは、商いを辞めたりしない」

柚之助は、古道具に宿った面影を、人から人へ繋ぎ続ける。たとえ、簪を見つけて、一時は道を見失ったとしても。

「おばば様が、そう言うなら」

一応、両は引いてくれたが、まだ心配そうだ。まるで父親のようだと、菊は心が温もる思いで、律義な地廻を見遣った。

「そう、心配することもない。血は繋がって無くたって、妹みたいな娘と、父親みたいなお節介を、もう身内だと思っているようだから」

父親に裏切られてから、柚之助が自分から関わりを持ってもいいと思える人間は、菊ひとりだった。

それが、同心の左右田を入れて、三人も増えたのだ。

大した変わりようではないか。

両が、ずい、と菊に向かって身を乗り出した。菊は、軽くのけ反りながら訊いた。

「何だい、暑苦しいね」

「聞き捨てならねぇ。妹みたいな娘は、おさよ坊だ。だが、父親みたいなお節介ってのは、どこのどいつのことです」

菊は、まじまじと両の顔を見た。心中でこっそりぼやく。

まったく、この弟子は、妙なところで鈍いねぇ。当の本人が、「どこのどいつ」もないもんだ。

柚之助は、両が来ると自分が楽し気にしていることに気づいていないし、両は、独り者のせいか、あるいは地廻は堅気に深い情を寄せてはいけないと頑なに思い定めているせいか、自身が持つ「父親」の性《さが》に気づいていない。本当に、似た者親子のようだ。

誰のことだ、教えろ、とせっつく両の言葉を、菊は聞き流した。

教えてやろうかと思ったけれど、気が変わった。

面白いから、もうしばらく黙っておくとしよう。ついでに、古道具のことも、弟子に叩き込んでやろうかね。

柚之助が見ているのと同じ「おもかげ」を、古道具の佇まいの中に見いだせるようになったら、両も「柚之助が古道具屋を辞めるかもしれない」なぞという、要らぬ心配をしなくて済むだろう。

これは、いい暇つぶしの種を見つけたかもしれないねぇ。

菊は、込み上げた笑みを堪え、すました顔で盃を空けた。

この作品は書き下ろしです。

古道具おもかげ屋

田牧大和

2021年12月5日　第1刷発行
2022年1月26日　第3刷

発行者　千葉 均
発行所　株式会社ポプラ社
〒102-8519　東京都千代田区麹町4-2-6
ホームページ　www.poplar.co.jp
フォーマットデザイン　bookwall
組版・校正　株式会社鷗来堂
印刷・製本　中央精版印刷株式会社

N.D.C.913/263p/15cm　ISBN978-4-591-17205-6

落丁・乱丁本はお取り替えいたします。

電話(0120-666-553)または、ホームページ(www.poplar.co.jp)のお問い合わせ一覧よりご連絡ください。
※受付時間は月～金曜日、10時～17時です(祝日・休日は除く)。

P8101434